FREDDYS AGENTUR

Optimisten vet innerst inne att hans bild är en skönmålning. Pessimisten är övertygad om att hans mörka syn är den orubbliga sanningen.

G A Lorén

Freddys Agentur

Omslag: **G A Lorén**

Förlag: BoD – Books on Demand, Stockholm, Sverige
Tryck: BoD – Books on Demand, Norderstedt, Tyskland

ISBN: 978-91-7699-703-1

Innehållsförteckning

Varats olidliga fräckhet 7

Bänkad 17

Smakförbistring 29

Problem är till för att lösas 61

Oprövade grepp 67

Skarpladdat 73

Snubbel och trubbel 85

Ordningsmakten 103

Steget efter 125

Tjejer 135

Konstiga konspirationer 145

Mummeldjuret 163

Konstexperter 173

Tillfälligheternas olidliga lätthet 189

Eftersnack 210

Jag har ett problem. Ingen lägger märke till mig. Jag vet att jag delar den känslan med tusentals människor men i deras fall finns problemet bara i det egna huvudet. De märks hur bra som helst men vill gärna märkas ännu bättre. *'Doktorn, jag har komplex, folk förstår inte att uppskatta mig till mitt fulla värde'.* Undertryckt storhetsvansinne om ni vill höra min diagnos. Så är det inte med mig. Jag har inga komplex och inga behov att synas. Trivs bra i bakgrunden. Men då är det väl inget att snacka om. Fortsätt leva i din osynliga bubbla. Ingen bryr sig.

Men så enkelt är det inte. Jag är nämligen övertygad om att jag är en produkt av någons sjuka fantasi och när den personen dör eller får för sig att jag inte längre är värd tankemödan försvinner jag som cigarrettrök i snålblåsten på Götaplatsen. Låter det sjukt. Bra, för det är sjukt. Att vara obetydlig är en sak. Att bara finnas som ett hopfantiserat skal är något helt annat. Och tänk om jag skulle försvinna just när jag pratar med en snygg tjej eller när jag skall grabba tag i sedlarna i bankomaten. Fast jag pratar inte med snygga tjejer. De ser mig inte heller.

Om jag befinner mig på en fest, vilket bara händer på småföretagarnas julfest, och någon närmar sig med utsträckt hand och ett brett leende är det alltid någon bakom mig som är målet för uppmärksamheten. Känns pinsamt när man sträckt ut handen för ett hjärtligt handslag och tvingas låtsas att man behöver gymnastisera fingrarna.

Jag skulle vilja veta vem det är som gjort mig till sitt tankespöke och be honom eller henne hålla mig vid liv så länge som möjligt eller åtminstone ge mig en vink när slutet närmar sig. Fråga om det är någon idé att skriva testamente.

För mina prylar finns ju. Möblerna, mitt gamla bilskrälle, en ganska ny tioväxlad cykel och en platt-tv. Och räkningarna finns i högsta grad. I synnerhet den här månaden när jag skall ut med tretusen för elen. Fattar inte hur det har gått till. Funderar på att ringa till elbolaget och säga att dom begått ett misstag och att jag inte finns. Men då stänger dom av strömmen så att jag inte kan titta på min platt-tv.

Och skriva testamente till vem? Min syster finns förstås. En liten näbbgädda som inte har något bättre för sig än att förpesta min tillvaro med beskäftiga åsikter om saker hon inte begriper. Om jag hade berättat för henne om mitt bekymmer skulle hon säga 'du har inte ett problem, du *är* ett problem'. Tänkte testamentera cykeln till henne men det vore en överloppsgärning. Hon har redan lagt beslag på den. Rasar omkring som en tävlingscyklist i stan och skrämmer slag på barn och gamlingar. Tänk om det är hennes perversa hjärna som skapat mig. Nej, det är inte möjligt. Hon är för dum för att skapa en klok idiot som jag. Klok idiot? Var fick jag det ifrån? Men det var inte dumt. För det är precis så jag känner mig. Som en klok idiot. Ibland betoning på klok.

Jag medger att det finns fördelar med att vara näst intill osynlig. En gång råkade jag hamna mellan några gäng fotbollshuliganer och en polisstyrka utanför Ullevi. Helt oförskyllt för jag är inte intresserad av fotboll. Råkade bara passera. Batonger ven i luften och skrikande människor ramlade till höger och vänster. När hopen skingrats och huliganerna langats in i piketbilar stod jag kvar, lugnt paralyserad eller hur man skall beskriva det och undrade vad som hänt. Ingen hade lagt märke till mig fast jag inte är någon småväxt person. När jag tittar i spegeln står en lång, smal drufs och tittar tillbaka med en blick som hade fått en idisslande ko att se begåvad ut. Om det hade stått en bredvid. Eller snett bakom med mulen vilande på min axel. För det är så alla placerar sig när dom är i närheten av mig, snett bakom.

Folk ser mig ens när jag stöter till dom på spårvagnen när den kränger i kurvorna. När jag ber om ursäkt tittar dom rakt igenom mig med likgiltig blick. Ibland får jag lust att ge en lagom småvuxen person – stor som en tioåring ungefär – en snyting för att se om det kommer någon smäll tillbaka. I så fall helst en liten lätt knytnäve i magen för jag har taskiga magmuskler. Om jag åker på en smäll och det gör ont så kanske jag finns i alla fall. Å andra sidan är jag tämligen feg. Nej förresten, det var inget bra ord. Feg låter så…fegt. Försiktig eller avvaktande är bättre. Dessutom skulle jag nog inte våga klappa till ens en småvuxen. Dom kan vara starkare och ilsknare än dom ser ut. Möjligen skulle jag kunna ge mig på en liten tjej. Men då inträder ett annat dilemma. Jag är nämligen gentleman. Men det är ingen som vet. Om jag hade berättat för min syster att jag är gentleman hade hon släppt ut det där skärande tokskrattet som framkallar skakningar och isande blod hos känsliga individer.
Så där ja, nu tappade jag tråden just som jag kommit fram till kärnan i resonemanget. Just när jag skulle utveckla en intelligent teori. Min förbaskade systers fel. Hon är förresten ganska liten men om jag klappar till henne – vilket hon förtjänar – skulle jag få ett knä i skrevet så jag inte kunde gå upprätt på en vecka. Hon har gått en kurs där man lär sig sådant. Nu tappade jag tråden igen. Måste skärpa mig. Här är teorin. Jag undrar

om det går att utnyttja min osynliga talang eller vad man skall kalla det för ekonomisk vinning. För jag gillar pengar.

Men då uppstår det bryderi jag förutsåg när jag började fundera på det här. Hur tar man sig obemärkt genom livet samtidigt som man tjänar pengar på att vara just obemärkt? Svårt att få ihop. Vem vill ta sig obemärkt genom livet? Inte många i dagens egotrippade värld, skulle jag tro. Folk gör allt för att synas. Tatuerar sig, piercar sig på de mest fantastiska ställen, målar håret i regnbågens alla färger, klär sig som maskeradfigurer och gör sig till åtlöje i TV. Allt bara för att få uppmärksamhet. *"Såg du mig på TV? Göteborgsvarvet. Jag var i närbild. Det var jag i den tvärrandiga kroppsstrumpan. Ja, jag väger hundratio kilo, men det var ju det som var poängen. Roligt. Fick folk att skratta. På jobbet pratade dom inte om något annat."*

Tjuvar och banditer tycker ju om att hålla sig undan. *'Die im Dunkeln sieht man nicht'* som Mackie Kniven sjunger i Tolvskillingsoperan. I mörkret syns man inte. En skurk som figurerar med namn och bild i spalter och andra media måste ju ha misslyckats i sin kriminella gärning. Men då är vi tillbaka till det här med feg. Förlåt, försiktig. Jag skulle aldrig våga utföra ett brott. Inte ens stjäla en kola. Förresten, varför skall man stjäla kolor som bara smakar segt socker och klibbar fast i tänderna. Nej, kriminell stryker vi.

Några andra kategorier som föredrar ett liv i skymundan? Författare? Nej, det var förr i tiden författare drog sig undan för att skriva god litteratur. Nu för tiden skriver alla deckare. Plita ihop ett par hundra sidor så fixar PR-gubbarna en helsida i Aftonbladet när det är dags för publicering. Varför alla tror att de kan skriva just deckare är en gåta. Somerset Maugham tyckte om att läsa deckare men menade att han inte var skicklig nog att skriva en. Sådana tvivel på det egna kunnandet har inte dagens brigad av ordknegare i deckarbranschen. Vem som helst kan förstås skriva en dålig deckare men inte ens det skulle jag klara av. Har inga idéer. Jag har en gammaldags föreställning att en bok blir bättre om den utgår från en idé. Min syster tror att hon skulle bli odödlig som författare. Hon har en självbild som får Lady Gaga att framstå som en blyg konfirmand. Men hon kan inte sitta stilla så länge att det blir mer än tio sidor. Fast jag skall egentligen inte uttala mig i ämnet, jag läser inte deckare. Bläddrar bara lite förstrött i bokhandeln.

Nej, tillbakadragenhet har blivit en suspekt företeelse i jag-hysterins tidevarv. Nu gäller armbågarnas och stora käftens filosofi. *"Det är klart att man vill glänsa på förstasidan. Det vill alla. Fan, klä av dig naken och kuta omkring på Avenyn och se till att det finns en fotograf i närheten. Fan, man måste ju få sin kvart i rampljuset här i livet."*

Inget för mig. Fotografen skulle inte se mig ens om jag var naken. Eller i synnerhet om jag var naken. Det är ingen vacker syn. Vita, håriga, knotiga ben. Bröstkorg som en planka, tvåtum/fyrtum. Också vit. Nej, det bjuder jag inte på.

Det finns en grupp som inte vill synas, men som gärna vill att resultatet av deras mödor hamnar i ljuset eller åtminstone vill ha betalt för sina prestationer. Bra betalt. Och som kan hänvisa till diskretion som en del av jobbet när de drar sig undan fotografernas blixtar. Kom att tänka på den sorten när jag funderade på deckare.

Privatspanare. Tysta, starka killar med filthatten nerdragen i pannan och en blick som registrerar allt. Inte allvetande genier som Sherlock Holmes eller Hercules Poirot som löser fallet genom att titta på en fjäder som ramlat ur en kudde. Nej, de riktiga grabbarna, de som slinker in i baren och smuttar på en JB medan blicken registrerar vilka maffialedare som är på fri fot den här veckan och vilka snyggingar som verkar tillgängliga. Grabbarna med full koll.

Maffialedare? Finns det maffia i Göteborg? Nu blir jag osäker. Man har ju hört talas om skottlossning och annat jävelskap på öppen gata men det behöver ju inte betyda att det är maffian som är igång. Räcker med att en helt vanlig knäppgök får tag i en pistol. Inte för att jag är rädd. Är man rädd skall man nog satsa på en annan bransch. Jag sade rädd, inte feg. Ingen lyssnar på mig. Skulle aldrig nämnt ordet feg. Bäddat för missförstånd. Den smarte privatsnoken är försiktig. Jag tror jag nämnde avvaktande också. Stor skillnad. Det överlägsna intellektet tar inga onödiga risker. Privatspanaren känner sitt ansvar. Får inte utsätta sig själv eller klienten för onödiga risker. För övrigt anser jag att alla risker är onödiga. Och jag sade inte att jag skulle ge mig på maffian. Nämnde den bara i förbigående som ett exempel på brottslighet som måste bekämpas. Men inte av mig. Mitt arbete kommer att förläggas till den undanskymda sektorn. Den kloke idiotens lilla nisch. Jag vet inte riktigt vad jag menar med den undanskymda sektorn men jag hoppas att det ger sig. Hoppas bara det ger sig innan jag tvingas ge mig. Nej, tillbaka till huvudspåret.

Tanken känns riktigt realistisk nu när jag har gnuggat den en stund mellan hjärnhalvorna. Tanken att starta en deckaragentur, alltså. Jag skall höra med min kompis. Jo, jag har en kompis. Jens Laurits Jensen heter han. Dansk, men han har bott i Göteborg i tjugo av sina fyrtio år. Smart kille han också. Fast han skulle aldrig medge att jag är smartare. Tänk om det är han som gjort mig till den här jävla fantomfiguren. Skulle inte förvåna mig. Finns ingen som är så full i fan som Jensen. Nej, det kan inte vara han. Han är inte elak, bara full i fan. Om jag hade nämnt min teori att jag är en produkt av en sjuk hjärna skulle han säga att så sjuka hjärnor finns inte. Eller att den här planeten vore en bättre plats att leva på om jag inte fanns. Dansk humor. Han tror att jag inte förstår humor. Han tror att jag inte förstår någonting. En gång pratade han om en grabb som heter Descartes och som lär ha sagt 'jag tänker, alltså finns jag'. Kanske därifrån jag fick föreställningen om sjuka typers fantasier. Någon tänkte en sjuk tanke, knäppte till med fingrarna och sade till sig själv 'jag tänker fram en spånskalle, alltså finns han'. Så skapades jag. Den kloke idioten.

Nej, jag nämner inte för Jens vad jag har för planer. Inte i det här skedet. Förresten är han i Köpenhamn på släktkalas. Han har stor släkt så kalasen brukar hålla på en vecka. Jag gör så här istället; jag kör igång agenturen, lägger upp en snygg hemsida, skaffar några intressanta fall och först därefter låter jag bomben brisera. Ställer honom inför fullbordat faktum. Han har förresten också ett obehagligt skratt. Inte skärande som min systers men med en hånfull biton.

Sagt och gjort. Eller sagt, men inte gjort ett dugg. Jo, klivit över den mentala tröskeln. Jag tänker alltså finns jag. Nej, det blir fel. Hela idén baseras ju på att jag inte finns. Eller syns. Den obemärkte spanaren. Men jag måste ju börja någonstans. Steg ett, lägga upp en hemsida. Vad behövs för det? En webbsajt har jag redan. Inga problem att klämma in en deckarsida med lite snygg text och en snygg bild. Lätt förklädd så att ingen känner igen mig på stan. Webben är min perfekta arena. Inte debatten på webben, den håller jag mig undan. Men en hemsida är den perfekta arenan att flagga för min verksamhet.

Men hur skall det gå till? Du finns ju inte, hör jag någon mumla. Jens antagligen. Men han har missat poängen som vanligt. Att jag inte finns gör att jag passar in ännu bättre. På internet bestämmer man själv om man finns eller inte. Klick, så finns du med bild och text. Ett klick till så är du borta. Men inte för alltid, bara så länge du vill. Perfekt. Om jag lyckas med ett fall – klick, så finns jag. Om jag misslyckas – utopisk tanke – klick så är jag borta. Jens nämnde en annan filosof som heter Schopenhauer och som lär ha sagt om religionerna att dom är som lysmaskar – dom behöver mörker för att komma till sin rätt. Precis som jag. Fast jag använder internet som mitt mörker. De flesta använder internet för att synas och höras. Ibland undrar jag om Jens filosofer finns eller om det är han själv som klurar ihop spetsigheterna.

Okej, hur lägger man upp en snygg deckarsajt? Diskretion är viktig förstås, men inte så diskret att ingen hittar den. Man vill ju ha klienter. Svår balansgång men det fixar jag, den kloke idioten. I synnerhet när jag jobbar med den andre kloke idioten, min PC. Vi känner oss ohyggligt kloka när vi trixar oss fram mellan sajterna. Som en slalomåkare som dansar ner mellan portarna. Och vi känner oss som idioter när det poppar upp en ruta som säger *Programmet har utfört en förbjuden åtgärd och kommer att stängas.* Som när slalomåkaren missar en port och sätter sig på ändan. Nåja, man får ta motgångarna för vad dom är. Lärospån.

När jag har lagt upp en sida med lite snygg reklamtext nämner jag några fall jag har löst på mitt enkla och briljanta sätt. Fall som inte går att spåra i kriminalregistren. Ingen annanstans heller förresten. Mannen som jobbar i kulisserna. Genialt, om jag får säga det själv. Ja, någon annan lär inte säga det.

Hur verkar det så här långt? Svagsint? Nu låter det som om Jens och Penny fått igång sina giftiga tungor. Ja, min syster heter egentligen Jenny men jag kallar henne Penny för hon lånar ständigt pengar av mig utan att betala tillbaka. Och hon får det att låta som om det är mitt fel att hon behöver låna. Eller att det är självklart att storebror håller lillasyster med kontanter. Men så är det, geniet räknar inte med uppskattning under sin livstid. Om de lysande idéernas skapare inte hade haft modet att förverkliga sina impulser hade vi suttit kvar i grottorna. Ätit sabeltandade tigrar till lunch. Eller blivit ätna av sabeltandade tigrar.

Så vad behöver en lyckad privatspanare förutom ett skarpt intellekt? Nu hör jag Jennys skärande skratt igen. Låtsas inte om henne. Vad behöver man rent praktiskt, menar jag? En säckig kavaj? Har jag redan. Säckiga byxor? Inga problem. En deckarbil som verkar färdig att säcka ihop står parkerad på gatan utanför. En anteckningsbok och en penna. Och suddgummi för jag stavar inget vidare. Ett deckarkontor? Fixar jag lätt. Röjer ut vardagsrummet. Jag hyr en stor tvåa i centrala stan, stora rum, tre meter i tak. Huset är byggt för hundra år sedan och troligen inte renoverat sedan fyrtiotalet. Kallt och dragigt på vintern. Nåja, jag är varken känslig eller kitslig. Tar på mig en tröja när draget släcker stearinljuset jag brukar ställa på fönsterbänken. Och hyran är acceptabel. Hur inreder man ett deckarkontor? Hur såg det ut hos Philip Marlowe? Ganska sparsamt, tror jag. Passar mig fint. Ett skrivbord och några besöksstolar kan jag köpa billigt på Stadsmissionen. En soffa om man vill ta en tupplur. En snygg affisch. Toulouse-Lautrec, som jag gillar. Min platt-TV hänger jag på väggen så att jag kan ligga i soffan och titta. Så långt så väl. Eller så långt så fel. Det får framtiden utvisa. Ett fall att ta itu med behöver jag förstås men det ger sig när trafiken till min hemsida tätnar. Gäller att välja rätt. Jag tar förstås bara fall som sätter skarpsinnet på prov. Nu hör jag Jens hånfulla skrockande i det andra örat. Låtsas inte om honom heller. Det är sådana små nålstick som gör att jag inte tänker inviga honom i planerna.

Ja, det var väl allt. Nej, en sak till – en skylt. Mässing med svarta graverade bokstäver. Sådana som man ser på alla portar i London. Blankpolerade så det gör ont i ögonen när man tittar på dem. FREDDY LARSSONS AGENTUR skall det stå. Snyggt och enkelt. Det kan jag förresten använda som motto på hemsidan - "snyggt och enkelt". Eller "diskret och proffsigt". Jag får jobba på det. Ord är viktiga. Viktigt att säga så mycket som möjligt med så få ord som möjligt. *Bli av med magen, ge mig en kvart om dagen.* Om man är överviktig. *Hellre en propp i elskåpet än en i fejset.* Passande för deckare och elektriker. *Säg det med en sång.* Om man är i melodibranschen. *Säg det med en tång.* Om man är rörmokare. Eller tandläkare. *Säg det med en gång.* Säg det med…nej, nu håller jag på att tappa tråden igen. Jag tror jag sätter igång med hemsidan innan uppslagen försvinner.

Bänkad

Det som hände nästa dag låter så långsökt att jag tvekade länge innan jag bestämde mig för att berätta det. Alltihop beror på min diskreta framtoning, fundamentet i min deckarfilosofi. Och slumpen. Den har aldrig varit på min sida förut men den här gången blev jag omfamnad av någon slags ödets gudinna. Om jag inte hade funderat på uttrycket befinna sig på rätt plats vid rätt tidpunkt förut så var det läge att göra det nu. Men det är inte själva händelsen som är så otrolig utan vad den ledde till. Mitt första fall. Nej, inte riktigt, men det finns en koppling till mitt första fall. Vi tar det från början.

När jag skulle sätta ihop min hemsida blev det stopp direkt. Totalsläpp när jag skulle fantisera ihop några fall jag hade löst. Lika tom på idéer som underhållningsavdelningen på TV. Inte så konstigt för jag har aldrig haft fantasi.

För att få igång inspirationen och pumpa upp lite syre till hjärnan bestämde jag mig för en promenad och knallade iväg till parken bakom Stora Teatern. Alltid gillat att strosa i den parken. Fast det kanske är mer ett grönområde än en park. Centralt belägen är den i alla fall och inte överbefolkad som andra lummiga miljöer i city under lunchtimmen. Och det är bara tio minuters promenad från min lägenhet. Jag satte mig på en bänk och tittade lite missmodigt tvärs över kanalen på Paddans rundtursbåtar. Skulle jag kunna fantisera ihop någonting som involverade en rundtur på kanalerna? Freddy Larsson löser mordet i Rosenlundskanalen tack vare sin briljanta slutledningsförmåga. Han tittar ner i vattnet och får syn på ett lik på botten. Nej, det låter inte rätt. Sikten genom vattnet vid Rosenlund är nog inte mer än några centimeter. Får göra lite källforskning i ämnet 'genomsiktligt vatten i Göteborgs kanaler'. Källforskning låter snyggt. Normalt hade jag sagt att jag får traska dit och titta men är man proffs så gör man källforskning. Research heter det också men då är man nog inne på det väldigt proffsiga området. När journalister googlar fram uppgifter på internet så heter det att dom gör research. När jag googlar heter det att jag leker med datorn. Åtminstone om Jens och Jenny står bakom mig och kommenterar.

Just som en spännande historia började ta form i mitt huvud hände det som alltid händer mig när jag sitter i en park. En slusk satte sig på samma bänk fast det fanns fyra tomma bänkar inom bekvämt promenadavstånd. Jag räknade. Han hade i alla fall vett på att sätta sig så långt ifrån det gick. Han kanske inte såg mig.

Jag sneglade på honom när han grävde i en gammal bag han ställt bredvid sig. Om det funnits ett mästerskap i motbjudande utseenden hade han varit medaljkandidat. Jag är ingen skönhet men jämfört med det här missfostret har jag regelbundna, riktigt presentabla drag. Jag vände bort blicken med vämjelse. Om man ser ut på det sättet kan man åtminstone vara så barmhärtig mot sina medmänniskor att man inte visar sig offentligt. Till och med bagen var ful, brun i två nyanser och med slitna handtag så att grova snören lyste igenom.

Jag vände blicken mot en mer undanskymd del av parken. Då fick jag syn på ett annat exemplar som borde haft vett på att hålla sig undan. Inte för att han var ful –

det kunde jag inte se på det avståndet – utan för att han så satans stor. Förstå mig rätt, det finns gott om storvuxna figurer i vår del av världen men den här spelade i sin egen division. En gigant. Uppskattningsvis två och tio i strumplästen. Jag tycker att jag är ganska lång med mina en och åttiotre men om jag ställt mig bredvid den här bjässen hade jag sett liten och späd ut. Dessutom såg han förbannad ut, något som bekräftades när han sparkade till en sten som flög som en projektil mot en bronsstaty av ett rådjur och plingade till när den träffade. Efter den prestationen körde han ner händerna i fickor som måste varit stora som små säckar och fortsatte sin promenad. Till min förskräckelse närmade han sig bänken jag och slusken satt på.

När han kom närmare tog han upp en hand ur fickan och strök fingrarna genom en mörkbrun jättekalufs. Jag hajade till när min blick träffades av handen. Jag vet, normalt säger man att handen träffades av blicken. Men då har man inte sett den här handen. Om den hade grabbat tag om mitt huvud och kramat så hårt den kunde hade hjärnan pressats ut genom öronen. Jag rös. Han saktade ner när han var några meter från bänken. Till min ytterligare fasa stannade han och stirrade. Inte på mig utan på slusken – Quasimodo som jag hade döpt honom till. I det här ögonblicket var jag innerligt tacksam för min förmåga att försvinna ur folks medvetande fast dom tittar på mig.

Slusken märkte ingenting. Hans koncentration riktades mot en plastflaska han just dragit upp ur sin bag. Först skakade han den hårt. Sedan gjorde han en grimas och skruvade av hatten. Därefter satte han ögat mot öppningen och tittade ner mot den tomma botten en lång stund. Jag gissade att det försvunna innehållet varit något annat än det som stod på etiketten. Han rundade av med en gest som om han tänkte kasta liket i kanalen men hejdade sig när han tydligen erinrade sig att han kunde få någon krona i pant. Med en löjligt vresig rörelse stoppade han tillbaka den i väskan. Först då lade han märke till bjässen som stod och stirrade på honom. Den spontana reaktionen borde vara förskräckelse och det stämde nog ganska bra, men en annan instinkt var starkare. Han gjorde en gest som kunde tolkas som en hybrid mellan hotfull och bedjande. Hans röst var ljus och förvånansvärt kultiverad.

"Ursäkta, men skulle min herre kunna försträcka en fattig stackare några kronor till en bit mat?"

Jag hade väntat att bjässen skulle be honom dra till något ställe där det växer starka kryddor eller gå och dränka sig i kanalen men istället skrynklade han ihop sitt ansikte till ett leende. Hans röst passade väl till helhetsintrycket. Den hade en mullrande biton, som ett åskväder i Alperna.

"Min stackars man. Hur är det fatt? Ni verkar inte må riktigt bra."

Den fjäskande tonen lät som om han kämpade för att pressa fram den. Så här brukade inte den här titanen tala till sina medmänniskor. Jag väntade till synes likgiltig på fortsättningen men mina deckarsinnen var på helspänn. Det här var bra träning inför kommande uppdrag. Slusken anade framgång i sina försök att sno bjässen på några kronor till brännvin och föll in i samma tonart.

"Du har alldeles rätt. Livet har inte alltid varit vänligt mot mig."

Han gjorde en uppgiven gest mot sin klädsel och suckade. Jag sneglade igen. Det var sant att han inte var någon prydnad för sin nation. Byxorna var blå – så blå att man kunde misstänka att en flagga fått släppa till tyget. De kontrasterade på ett nästan hiskligt sätt mot

20

den brunspräckliga kavajen och den röda skjortan innanför. Skorna av tennismodell hade kanske varit vita på Sven Davidssons tid när de var nya. Den högra var fastspänd med ett snöre av den sort man använder till postpaket, den vänstra med ett svart skosnöre som var virat två varv runt skon och ändå släpade tjugo centimeter på marken. Det hårlösa ansiktet, perforerat av röda och blå blodkärl berättade historien om hans liv eller hans sätt att leva. Det förvånade mig att han inte omgavs av en sky av brännvinsstank. Nästa fas förvånade mig ännu mer. Bjässen dunsade ner på bänken mellan slusken och mig. De stackars bräderna som utgjorde sittytan sjönk flera centimeter och ett ögonblick väntade jag att de skulle knäckas med ett ljud som skulle låta som ett gevärsskott och få folk på Kungstorget på andra sidan kanalen att rycka till och titta åt vårt håll. Men de höll. Han hamnade så nära mig att jag pressades mot armstödet. Det bekymrade honom inte. Han såg mig förstås inte. Det fanns plats för fyra normalvuxna personer på bänken om man satt ordentligt. Bjässen var varken normalvuxen eller satt ordentligt. Jag försökte skruva mig loss men kunde inte röra mig en centimeter. Han satt halvt vänd ifrån mig för att ha ögonkontakt med slusken och underströk sina ord med yviga gester. Hans armbåge var i höjd med mitt ansikte och jag höjde en hand för att skydda mig i händelse av okontrollerade rörelser. I det ögonblicket var jag inte glad åt min förmåga att försvinna ur det allmänna medvetandet. Jag såg rubrikerna framför mig medan jag gjorde desperata försök att vrida kroppen till en friare position. *Privatspanare hittad ihjälklämd på parkbänk. Död i en vecka. Ingen lade märke till honom förrän han började lukta.* Till min lättnad flyttade sig bjässen lite närmare slusken när han började sin redogörelse. Det var uppenbart att han var uppretad.

Jag gjorde en stilla reflektion att om jag skulle reta upp någon så skulle jag inte välja det här exemplaret. Men han var inte arg på slusken eller mig. Den som retat honom var ordförande i någon slags stiftelse som beställt en staty av en nyligen bortgången välgörare. Jag brukar inte tjuvlyssna men det var det inte fråga om i det här fallet. Den mullrande rösten hade inte gått att stänga ute ens med hörselskydd. Ekot rullade ut på grusgången och tycktes ta sig in i medvetandet genom andra kanaler än hörselorganen. Dessutom började jag bli intresserad. Jätten var alltså skulptör. Om jag fått i uppdrag att gissa hans yrke hade skulptör hamnat på plats fyrtiosju, strax efter balettdansör. På första plats hade jag antecknat basketproffs i NBC.

Uppenbarligen hade ordföranden inte bara gett honom ett omöjligt uppdrag, han hade även förolämpat honom genom att ifrågasätta hans yrkesskicklighet. Jag försökte föreställa mig bjässens knytnäve – stor som en handboll – några centimeter från ordförandens ansikte. Men ordföranden verkade inte höra till de lättskrämda. Han hade retat skulptören ytterligare genom att antyda att han inte skulle klara av att hålla tidsschemat som presenterades som mycket snävt. Jag förstod av ljudet av gnisslande tänder att jätten antagit utmaningen som en matador antar utmaning på duell av sin hustrus älskare som bara är en simpel picador. Några kvävda svordomar ackompanjerade upplysningen att stiftelsen hade rätt att kräva förskottsbetalningen tillbaka plus skadestånd i händelse av försening. Tydligen var han på väg att överskrida tidsschemat. Därpå följde en beskrivning av objektet som skulle skulpteras. Medan jag lyssnade förändrades sluskens drag från motbjudande till mindre motbjudande och därifrån till regelbundna för att sluta som acceptabla. Ja, detta skedde i min fantasi när modellen för skulpturen målades ut som det mest skräckinjagande monster gud har skapat. Ändå anade jag likheter mellan de två, något som bekräftades en stund senare. Skulptörens vokabulär var omfattande och fantasifull. Den stackars mecenaten – troligen en förträfflig människa – tilldelades attribut och egenskaper som skulle fått skaparen av Frankensteins monster att nicka igenkännande. Torskögon och apöron hörde till de vänligare vitsorden. Avsaknaden av hals nämndes i förbigående. Paradnumret var en oformlig haka som enligt beskrivningen såg ut att vara stoppad med grus. Ingen konstnär i historisk eller förhistorisk tid hade fått i uppdrag att avbilda en sådan haka. En stupid, primitiv, fyrkantig haka som saknade likheter med alla andra mänskliga hakor. Allt detta basunerades ut med en stämma som arbetat sig upp till fradgasprutande ilska. Om ägaren till hakan varit närvarande är jag övertygad om att skulptören hade krossat både hakan och närliggande delar av anatomin.

Nu hade mitt intresse vaknat på allvar. Inte på grund av beskrivningen av den okände personen. Överdrifterna var så groteska att de var omöjliga att ta på allvar men bjässen måste ha ett syfte med sin förtrolighet. Jag sneglade igen när det blev tyst en stund. Han tittade oväntat åt mitt håll men såg mig naturligtvis inte. Han hade bara låtit blicken vandra medan han letade efter de rätta fraserna. Han hade nämligen kommit till pudelns kärna, något som krävde byte av tonläge. Han harklade sig så ljudligt att en dam som närmade sig med en liten hund hejdade sig och tittade åt vårt håll medan hunden lyfte benet mot en buske.

”Min käre vän, jag förstår att det här låter konstigt i dina öron, men när jag såg ditt...”...här fick jag en känsla av att han svalde ordet *tryne*...”...ansikte sade jag till mig själv att den här mannen är ett utmärkt exempel på den människotyp jag söker". Får jag presentera mig." Han sträckte fram jättelabben. "Bengt Giljotin."

Jag undrade om jag hörde rätt. Man kan inte heta Giljotin. Man kan vara en giljotin eller stifta obehaglig bekantskap med en giljotin. Men man heter inte Giljotin. Man heter inte halshuggare. Slusken hade tydligen en liknande uppfattning. Han tittade misstänksamt på sin nye vän utan att ta emot den utsträckta handen.

"Kurt."

Skulptörens leende stelnade medan han väntade på att namnet skulle följas av ett efternamn. Det hände inte. Han hade nått gränsen för Kurts förtroende. Jag föreställde mig att Kurts sociala kontakter i livet bestod av parkbänkskompisar, socialarbetare, poliser och expediter på systembolaget. Det var mitt nyvaknade deckarsinne som jobbade fram den slutsatsen och jag kände mig ganska nöjd. Jag hade under tiden fått så mycket fri yta att jag kunnat resa mig och gå om jag velat, men deckaren blandade sig i igen och tyckte att jag skulle sitta kvar och lära mig mer. Skulptören samlade sig till ny attack. Den här gången ingick det element som med all sannolikhet dominerade törstige Kurts tankar. Pengar.

"Så om du har lust att följa med till min atelje så kan jag göra en gipsavgjutning av ditt ansikte."

Kurts inställning till gipsavgjutningar illustrerades omedelbart av en ilsken min och en knuten näve.

"Gipsavgjutning? Du kan väl fan inte hälla gips i fejset på mig. Tänk om det kommer in i munnen och inte går att ta bort?"

Reaktionen var väntad. Skulptör Giljotin lät som om han bemött liknande invändningar hundratals gånger. Han beskrev proceduren i nonchalanta ordalag och rundade av med en gest jag tolkade som 'barnlek'.

"Det är helt ofarligt. Jag har gjort massor av sådana avgjutningar. Hur enkelt som helst. Inte det minsta obehagligt. Som att tvätta sig i ansiktet. Tar en timma. Sedan kan du gå." Han gjorde en melodramatisk paus. "Med femhundra kronor i fickan."

Jag började också bli misstänksam. Varför ville en skulptör göra en staty av en parkslusk om han fått i uppdrag att avbilda en prominent person? Kanske hade den hånfulle ordföranden haft rätt i insinuationen att han inte var mogen sitt uppdrag. Även om det fanns likheter måste alla som känt den prominente hedersmannen se att statyn liknade någon annan. Det hade framgått av samtalet att han bara kände sin modells exteriör genom fotografier.

Omnämnandet av den ofantliga summan femhundra kronor satte igång en process i Kurts huvud. Det grubblande uttrycket kunde bara betyda att hans inbyggda kassaapparat arbetade med att omsätta pengarna i vodkabuteljer. Man kunde nästan höra hur det klirrade. Resultatet av räkneexemplet fällde avgörandet. De två omaka figurerna reste sig och traskade iväg. Ateljen låg bara några hundra meter bort, hade Giljotin förklarat. Jag visste vilken byggnad han talade om. Det var en välkänd adress för en infödd göteborgare som jag. Jag följde dem med blicken tills de försvann bakom ett buskage och in på en parkeringsplats. Det såg lustigt ut när korte Kurt småsprang för att hålla jämna steg med sin nye vän och välgörare.

Ingen av dem hade bevärdigat mig med en blick när de passerade på en halv meters avstånd. Min taktik och filosofi fungerade perfekt. Varken höras eller synas.

Nu kan man undra vad allt det här har med mig som deckare att göra. Två främmande personer träffas

på en parkbänk, samtalar en stund och försvinner. Jag
håller med, det låter lite tunt. Men det var bara början.
Kurt och Giljotin skulle komma att figurera i mina
undersökningar under lång tid framöver. Jens är också
med på rollistan. Han tycker naturligtvis i sin självupp-
tagenhet att det är han som löser alla knutar. Jag låter
honom hållas. Det är en annan filosofi jag brukar till-
lämpa. Låt dom hållas. Dom kommer att kvävas av sin
inbilskhet när dom inser vem som besitter det riktigt
knivskarpa intellektet. Syster Jenny skall vi inte tala om.
Hon kommer också att blanda sig i men hon har en
tendens att bli skrattretande när hon anstränger sin lilla
kycklinghjärna. Men nu går jag händelserna i förväg. Jag
måste skriva upp det jag hörde så jag inte glömmer det.
Hur stavar man till Giljotin? Nåja, det är bara jag som
skall läsa det. Jag har förresten bestämt att föra en slags
loggbok över mina fall. Ja, det är den du läser just nu.

Vad som hände i skulptörens studio kan jag bara
gissa mig till och då utgår jag från min kännedom
om den mänskliga naturen. Om jag hade berättat för
Jens att jag är en vass iakttagare hade han inte svarat på
en lång stund, sedan hade han tittat medlidsamt på mig
innan han bytte samtalsämne på det där retfulla sättet.
*"Det är rent förbaskat att dom ändrat tidtabellen för trean. Nu
måste jag ta en tidigare vagn för att hinna till skolan."* Sådana
små shower ingår i hans uppfattning om humor. Men då
misstar han sig på mig igen. En av hans filosofer, Pascal
tror jag han heter, lär ha sagt att en människa känner
aldrig en annan människa. Det måste betyda att ingen
vet vad som rör sig i skallen på en annan människa. Men
det tror inte jag på. En observant person som jag ser
rakt igenom de tjocka, men enkla skallar som dagligen
omger mig. Kurts vodkadimmiga variant är kanske inget
bra exempel – det är bara tanken på nästa flaska bränn-

vin som rör sig där – men Giljotins väldiga kranium är
en annan sak, en utmaning. Men jag ger mig på honom i
alla fall. Det vill säga inte fysiskt. Usch, nu fick jag såd-
ana där rysningar igen. En bild av min kropp förvandlad
till innanmätet i en fläskkorv blixtrade förbi. En sådan
där som man kokar i ärtsoppan, lite grynig i konsisten-
sen. Nej, jag menar förstås att jag ger mig på att bedöma
hans karaktär och hans sätt att uppträda i umgänget med
medmänniskorna. Hans sociala beteende. Men det hän-
der massor av saker innan vi får anledning att åter-
komma till Kurt och Giljotin.

Nu märker jag att jag låter som en författare. En
som bygger upp spänning och nyfikenhet med
antydningar om kommande hemskheter. Det är inte min
avsikt. Jag kan inte hitta på, bara berätta sånt som hänt
och utgå från sådant jag tror kommer att hända. Mest
för att det skall bli ett sammanhang. Om jag hade berät-
tat för Jenny Penny om mina planer hade hon sagt på
sitt beskäftiga sätt att det som är grumligt i huvudet blir
grumligt på tungan och på papperet. En av hennes favo-
riter. Säkert stulet från någon bok hon har läst. Eller
skummat igenom. Hon har inte tid att läsa en hel bok.
Dessutom skriver hon själv. Vers. Eller poesi som det
heter på fint språk. Men hon kan inte rimma. Påstår att
det inte behövs i modern poesi. Det håller jag inte med
om. Det skall rimma när man läser vers. *Det gör ont när
knoppar brister.* Halvfärdigt om ni vill höra min åsikt. Om
jag hade skrivit den ramsan hade jag gjort den färdig och
satt dit en liten knorr. *Det gör ont när knoppar brister men
det går att laga med klister.* Till exempel. *Det gör ännu ondare
när kroppar brister men det går att laga hos Krister.* Ja, en ki-
rurg som heter Krister. *Det är inte konstigt att det gör ont
när knoppar brister, dom får ju växtvärk.* Inget rim men
ganska roligt. I alla fall är jag glad för stavningskontrol-

len som finns i Word-programmet. Skall fråga om det finns anteckningsböcker med inbyggd stavningskontroll. Jag har fortfarande inte köpt en anteckningsbok. Får inte glömma det när jag traskar hem om en stund.

Jo, det måste jag nämna. När jag kom hem efter upplevelsen i parken var jag så inspirerad att jag fick ihop en sida som jag lade ut på webben. Utan att nämna några fall jag löst – jag lyckades inte knåpa till det där med Rosenlundskanalen – men med lite säljande text och en bild. Måste ju tala om att jag finns. Fast jag finns ju egentligen inte. Nej, nu blir det grumligt igen. Jag måste ju finnas på webben för att få några fall. Klick, så finns jag – klick, så är jag borta. Väck inte den björn som sover för då är du väck för alltid. Nej, usch vad dåligt. Undra på att jag inte kan fixa till några mordgåtor.

Smakförbistring

Det finns tillfällen då man är ganska nöjd med sig själv. Jag befann mig i ett sådant tillstånd när jag lät blicken vandra runt i mitt nyinredda deckarkontor. Ännu en seger för den goda smaken, tänkte jag och slog mig ner i den begagnade snurrfåtöljen av äkta imiterat läder. Ja, äkta imiterat läder låter inte fulländat men det är försäljarens ordval, inte mitt. Den är i alla fall bekväm och snurrar bra åt ena hållet. Kärvar lite grann när man skall åt vänster men jag har placerat prylarna på skrivbordet så att jag sträcker mig mest åt höger. Den har även en inbyggd anordning i ryggstödet så att jag kan luta mig bekvämt tillbaka utan att ramla baklänges. Det var just det jag gjorde när dörrklockan ringde. Det vill säga, jag lutade mig bekvämt tillbaka. Jag kände igen Jens signal och satt lugnt kvar. Han väntar aldrig på att jag skall öppna utan steppar in innan klockan har klingat färdigt. Han hade just kommit tillbaka från Köpenhamn och hade ingen aning om min nya verksamhet. Trodde jag. Jag flyttade mig närmare laptoppen och låtsades koncentrerad när jag skymtade hans fötter på tröskeln. Jag tittade inte upp direkt utan gav honom några minuter att falla i stum beundran. Han var faktiskt tyst en lång stund men det var inte beundran som tystade honom förstod jag när han tog till orda.

"Säg inte att det är en mänsklig hjärna inblandad i den här uppvisningen i grotesk smak." Han gick sakta in i rummet och gjorde en gest som omfattade hela interiören. "Så detta är vad som händer när man lämnar dig utan tillsyn i en vecka. Vilken film har inspirerat till den här orgien? Familjen Adams?" Han kände på mattan med spetsen på sin sko. "Det här är inget kontor, Freddy. Det är en boudoir med ett monster till skrivbord. Vet du vad en boudoir är?"

Jens har en irriterande vana att ställa frågor som han svarar på själv. Som om han tror att jag inte vet någonting. I det här fallet var han ursäktad. Jag trodde nämligen att en boudoir är något man tvättar de nedre kroppsdelarna i. Jag anade att det var fel eftersom det låter korkat att förväxla ett kontor med en tvättho. Han förklarade att en boudoir är ett rum där franska damer tar emot sina älskare. För att illustrera pekade han på min nyinköpta tavla, en inramad affisch av Toulouse-Lautrec. Den föreställde en galant dam just i färd med att rulla en strumpa nerför ett välformat lår. Han gick fram till skrivbordet och drog fingrarna över skivan.

"Vad sade dom på soptippen när du drog iväg med allt det här?"

Jag log stillsamt medan jag betraktade den indignerade personen.

"Vet du att du påminner om Einstein?"

"Betyder det att den avgrundslika skillnaden mellan våra intellekt till slut har blivit uppenbar även för dig?"

"Nej, men han satte fast sina pennor i tröjkragen precis som du. Stod i en bok jag läste häromdagen."

Jens satte sig på skrivbordskanten med ett ben dinglande i luften.

"Men det var inte det här rummet jag menade när jag talade om löje och dålig smak. Det är den fullkomligt osannolika skylten du har skruvat fast på lägenhetsdörren." Han grimaserade ut orden 'Freddy Larssons Agentur'.

Det står faktiskt bara Freddys Agentur. När jag beställde skylten fick jag lära mig att de tar betalt per bokstav. Och inte lite betalt. Jag berättade detta i lätt förnärmad ton. Skylten var mitt glansnummer tillsammans med hemsidan. Jag nickade mot min nyinköpta laptop.

”Vad sägs om den här? En Apple Mac.”

”Eftersom jag tar för givet att det är stöldgods gör jag mitt bästa för att ignorera den.”

”Jag gav tusen kronor.”

”Jag gissar att du köpte den av en man som kom springande mot dig på trottoaren. En man med kepsen nerdragen så att den skymde ögonen.”

Jens älskar att antyda att om jag har ett val mellan den smala och den breda vägen så väljer jag den senare. Den attityden baserar han på att jag sålde vuxenvideor genom min lilla import/exportfirma under en period. Det har jag slutat med för längesedan och det var naturligtvis inte olagligt, bara omoraliskt i hans pryda överklasshuvud. Hans pappa är VD i ett stort företag i kemibranschen. Nu för tiden kan hela världen vältra sig i hemmagjord porr på webben. Har förstört den mest lönsamma delen av min verksamhet. Men jag hankar mig fram skapligt på det övriga sortimentet. Saker som ingen behöver men köper ändå. Just nu går tyska ölglas med bryggeriets märke bra. Ja, jag säljer inte till allmänheten, jag importerar och levererar till presentaffärer och liknande. Jag vinkade över honom till min sida av skrivbordet.

”Kom hit skall jag visa dig min nya hemsida.”

”Jag har sett den. Din hemsida är ytterligare en företeelse jag tänkte förbigå med tystnad. Men eftersom du nämner den får jag erkänna att den är en av anledningarna till att jag är här. Inte minst för att diskutera din briljanta reklamslogan – *skapliga jobb till skapliga priser.*

Låter som en skumraskfirma med åtal för byggfusk
hängande över sig. Och att lägga in en bild på en förbry-
tare du fångat är ännu smartare."

Jag får erkänna att jag inte är nöjd med texten. 'Skap-
lig' är lite vagt, men jag kom inte på något bättre. Och
bilden är inte helt lyckad. Jag ser lika intetsägande ut
som jag är. Men det är ju så jag resonerar, jobba i det
tysta. Just när jag tänkte ordet *tyst* hörde jag ett fruktans-
värt ljud ute i trappuppgången, ett sirenliknande tjut
som fyllde hela lägenheten när dörren öppnades ett
ögonblick senare. Min systers galna skratt. Hon brukar
inte ens ringa, går bara rakt in. Vansinnet tilltog i styrka
när hon kom in på deckarkontoret. Hon nästan kiknade
när hon pekade på den ena detaljen efter den andra.
Hon avslutade med att kasta sig på rygg i soffan och
skratta rakt upp i luften. Utan att göra paus i oväsendet
pressade hon ut orden 'Freddys Agentur'. Det lät som
om någon höll på att strypa henne. Min skylt hade en
effekt jag inte hade räknat med. Visserligen var det me-
ningen att den skulle dra blickar till sig men reaktionen
för övrigt borde vara värdig nyfikenhet. Jens deltog med
nickar och tyst skrockande men jag vet inte om han
skrattade åt Jenny eller om han höll med henne. Jag lät
dem hållas som vanligt. Den bomb jag tänkte låta bri-
sera om en stund skulle tysta dem. Jag började lite mju-
kare.

"Jag behöver hjälp."

Nu exploderade även Jens. Jag har beskrivit ljudet av
hans skratt tidigare. Vid det här tillfället dränktes den
hånfulla bitonen av Jennys hysteriska vrålande. Jag hade
tänkt utveckla min diskreta vädjan om hjälp som en
uppmuntran till dem, få dem att känna att de har en
uppgift här i livet när en riktig detektiv ber om deras
hjälp. Men de förstod inte att det var en generös gest.

Och det var inte det som var bomben. Konstigt nog var det Jenny som återfick talförmågan först.

"Säg bara till när attackerna blir för svåra så skall vi göra allt för att hjälpa dig. Jag känner en duktig psykiater. Specialist på skrynkliga hjärnor. Det var han som botade Kerstin från föreställningen att hon kunde lyfta en lastbil med en hand."

Det var just den sortens skämt som skulle hagla en stund så jag stängde öronen och lät smaklösheterna studsa runt. När deras läppar slutat röra sig harklade jag mig lugnt.

"Jag menar att jag behöver hjälp med mina fall."

Förtydligandet dämpade inte hysterin. Tvärtom. Jag började bli orolig för Jens. Han brukar inte tappa kontrollen så fullkomligt. Jenny oroade mig inte. Hon har aldrig haft någon kontroll. Hon gjorde en paus och dunkade ett finger mot pannan.

"*Skapliga Freddy Fixar Biffen.* Är det så det står på hemsidan? OK, fixa fram ett skapligt fall så skall vi hjälpa dig."

Jag beslöt att det var dags för bomben. Annars skulle de aldrig sluta. Jag inledde med en likgiltig axelryckning.

"Hemsidan har inte varit på webben mer än tre dagar och jag har redan ett fall på gång. Om ni försöker uppföra er som vuxna människor kan ni få detaljerna."

Jens satte sig på skrivbordet igen. Jenny ställde sig intill honom med det där obehagliga, ryckiga leendet som annonserar kamp för att hålla tillbaka nästa skrattsalva. Jens gjorde en avvärjande gest när jag skulle ta till orda.

"Låt mig gissa. Den långhåriga taxen Archibald har sprungit ifrån matte i Slottsskogen och har inte synts till sedan i söndags. Han har grönt halsband och tycker bättre om chipolatakorv än Voffys torrfoder. Han kan tre trick. Räcka vacker tass, hämta gummiben som matte kastar flera meter och fånga en sockerbit i luften. Han tycker inte om främlingar och om du försöker få tag i honom biter han dig i handen. Hans stamtavla är tre meter lång och lika tjock av inavel som..."

Här tystnade han och tittade på mig med en blick som pulserade av fasa. Jag trodde att han skulle spinna vidare på temat inavel och blanda in min härstamning. Han brukar säga att det var ett misstag att jag föddes som människa och att jag skulle gjort bättre karriär som hund; en mops eller en hushpuppy med vädjande blick. Men det var något annat som fångat hans uppmärksamhet. Han hade lagt märke till att jag bar slips. Jag får erkänna att det inte händer ofta. På småföretagarnas julfest förstås och på bröllop och begravningar. Fast jag har aldrig varit bjuden på bröllop. Enda utsikten att bli bjuden på en sådan föreställning är om Jenny lyckas haffa någon stackars krake. Hon har bearbetat Jens i åratal men han är svårflörtad. Inte för att hon inte ser bra ut. Förbaskat bra måste jag tillstå, men Jens kännedom om hennes karaktärsegenskaper minimerar hennes chanser. Hans röst hade den där syrliga bitonen som han brukar lägga sig till med när han vill understryka skillnader i bildning och ursprung. Ett arv från danska högreståndskretsar, skulle jag tro. Eller vilka högreståndskretsar som helst. "Var har du lärt dig att knyta en slips?"

När jag tänker efter hade han aldrig sett mig i slips förut. Jag försökte svara i samma ton men hörde att det inte lät övertygande. Jag har inte gått den kursen i livets skola. Varvsarbetare som min bortgångne far har ingen träning i snorkiga tonarter. "Hurså?"

"Låt mig formulera om frågan. *Har* du lärt dig att knyta en slips? Här har du en till. Varför slips överhuvudtaget? Jag kan inte påminna mig att jag sett en sådan dekoration runt din hals tidigare. Gudarna skall veta att jag har föreställt mig andra saker runt den – starka seniga fingrar, boaormar, smidiga rep – men aldrig en slips.”

”Min nya position kräver ett distingerat yttre.”

”Distingerat?” Han granskade den synliga delen av min klädsel. ”Grön-vit-och-rödrandigt kan man möjligen bära till svart klubbkavaj och vit skjorta. Inte till brunspräcklig kavaj och absolut inte till rödblå skogshuggarskjorta.”

Jag drog fram ett papper ur skrivbordslådan och lade det framför mig medan jag skiftade till den myndiga min och ton som förväntas av en chefsdetektiv.

”Du är skadad av din aristokratiska uppväxt, Jens.” Jag knackade på papperet. ”Här har du fallet. Ett ganska intressant fall om du vill höra min åsikt. Klientens namn är Madeleine Persson.”

Han försökte läsa texten upp och ner. ”Jag är inte säker på att jag vill höra din åsikt. Hur gammal är hon?”

”Jag har bara hört hennes röst i telefon men hon lät som tjugoåtta.”

Det förvånade mig att Jenny inte hade lagt sig i ännu. Men nu var det dags. Hon började med att släppa ut tokskrattet igen.

”Lät som tjugoåtta?” Hon lade handen på Jens axel. ”Skall vi slå vad om hur gammal hon är? Utan att ha hört hennes röst. Jag sätter en tia på tjugoåtta.”

”Tyvärr känner jag din bror för väl för att sätta emot. Jag tror att han är specialist på att åldersbestämma kvinnor genom att lyssna på deras röster. Hur gammal är Jenny, Freddy?”

Jag vet inget värre än försåtliga frågor. Vem håller reda på sin systers ålder? Jo, många gör det förstås, men deras systrar heter inte Jenny Larsson och jobbar som stans ledande pest och kolera. Jag kunde inte komma på det. Hon är tio år yngre än jag men i det ögonblicket kunde jag inte komma på min egen ålder heller.

"Fråga henne?"

"Jag frågar dig. Lyssna på hennes röst."

Det gick inte att undvika att lyssna på den rösten som i samma ögonblick nådde sitt crescendo. Slog nästan lock för öronen. Hade hon inte varit närvarande hade jag dragit till med trettiotvå men då hade hon påmint mig om att jag glömde hennes trettioårsdag. Ganska pinsamt. Men jag glömde den egentligen inte, förväxlade bara med hennes trettioettårsdag. Om jag sade trettiotvå nu och det visade sig att hon är trettiotre skulle hon älta den missen i månader. Jag avslutade ämnet genom att hålla upp dokumentet med fallet.

"Här är fakta. Madeleines pappa Lennart Persson har försvunnit. Han tillhör inte samhällets övre skikt men det gör hans bror Carl Pierre Dumont. Har ni hört talas om honom?"

Jenny svarade fast det var inte till henne jag ställt frågan.

"Eftersom Madeleine har samma efternamn som sin far drar jag slutsatsen att hon inte är gift."

"Det var inte det jag frågade. Har du hört talas om Carl Pierre Dumont?"

"Nej. Vad sysslar han med?"

"Finanser. Mycket framgångsrik har jag förstått. Men han är död."

Jens ton och min antydde att han började bli intresserad.

"Jag tror jag vet vem han är. Eller var. Pierre Dumont Finance Ltd. Londonbaserat. Är det hans död du skall befatta dig med?"

”Han dog av en hjärtattack. Det gör alla i den branschen.”

Jenny lade sig i igen. Hon har aldrig kunnat vara tyst i mer än två minuter.

”Varför har inte bröderna samma efternamn?”

”Folk byter namn ibland.”

”När dom gifter sig, ja. Var Carl gift med någon som heter Pierre Dumont?”

Nu var det min tur att bli sarkastisk.

”Det är vanligt att äkta makar har samma efternamn.”

”Skojigt, Freddy. Jag menar om hans fru hette Pierre Dumont som ogift?”

”I så fall hade hon hetat Persson som gift.”

”Idag kan man välja kvinnans eller mannens namn när man gifter sig. Tror du att Jens skulle välja att heta Larsson om han gifte sig med mig. Nej, vi skulle behålla hans namn och jag skulle heta Jenny Laurits Jensen.”

Jag såg hur Jens svalde tungt. Jag kanske skall påpeka att Laurits inte är hans andra förnamn utan första delen av efternamnet. Danskarna har sådana hyss för sig för att man inte skall hitta dem i telefonkatalogen. Jenny är specialist på att komma in på ämnet 'gift med Jens Laurits Jensen'. Nästa upplysning brukar handla om vilken duktig hushållerska hon är och att hon gärna vill ha barn och vilka underbara ungar det skulle bli med så vackra och intelligenta föräldrar. Och hur elegant det skulle låta när de presenterades, Jens och Jenny. Jag beslöt att hjälpa Jens fast han inte gjort sig förtjänt av en sådan gest. Ja, hjälpa genom att byta samtalsämne.

”Carl Pierre Dumont testamenterade en summa pengar till sin bror. Han donerade också en massa pengar till något forskningsinstitut. Så mycket att dom tänker hedra honom med en staty. För övrigt kan Madeleine vara gift med någon som heter Persson. Det är ett vanligt namn."

Jens drog en suck av lättnad.

"Inte sannolikt. Varför hjälpte inte Carl sin mindre lyckligt lottade bror tidigare?"

"Det undrar jag också. Tydligen var det osämja mellan Carl och hans fru angående Lennart Persson. Anna-Lisa Pierre Dumont lär vara en satmara av sällan skådad dignitet. Hon hotade Carl med skilsmässa om han höll kontakt med sin bror." Här gjorde jag en paus och tittade upp från papperet. Jag såg på dem att intresse och nyfikenhet hade väckts. "Vårt jobb är att hitta Lennart, Madeleines far."

Jenny log sitt otäcka leende igen.

"Inte vårt jobb, Freddy. Ditt jobb."

Hon hade fortfarande inte fattat att erbjudandet att låta dem hjälpa till emanerade ur storsinthet från min sida. Att jag ville bjuda på lite spänning i deras trista liv. Jens visade åtminstone så mycket aktning att han höll tillbaka de värsta sarkasmerna. Han drog ett finger tankfullt nerför näsryggen, ett tecken på att han funderade på informationen.

"Hur nergången är han? Ett societetsfyllo som dräller omkring med en cocktail och spiller på de äkta mattorna?"

"Han är längst ner. Sitter i parken med grabbarna och halsar ur flaskan."

Jens drog ihop ögonbrynen.

"Låter konstigt. Överklassen brukar ha sitt eget skyddsnät. Familjenamnet får inte smutsas ned."

"Du borde vara väl insatt i det ämnet. Men Carl och hans familj hör bara till den plutokratiska överklassen och det tack vare hans framgångsrika spekulationer på börsen. Han var en av de få som anade kollapsen och sålde ut i tid. Lennart började sin utförsbacke för trettio år sedan och har varit bannlyst av sin svägerska i decennier."

Jens förströdda blick vilade på Jennys stjärt som spände ut tyget i jeansen på ett trevligt sätt. Hon stod halvt vänd ifrån honom och verkade fundera på ingenting. Han märkte inte att hon plötsligt vred huvudet för att titta över axeln och följa hans blick som om hon känt att han betraktade just den delen av hennes anatomi. Jag väntade mig en kommentar i stil med 'om du vill kan du få studera den närmare – utan en massa tyg runt omkring'. Men hon bara log på det där triumferande sättet som bekräftar kvinnans kontroll över mannens instinkter. Jens avslutade sina studier och flyttade sin förströdda blick till en punkt på väggen bakom mig.

"OK, hur mycket parkyta finns det i Göteborg, Skandinaviens gröna hjärta? Inte mer än femtio kvadratkilometer skulle jag tro. Det letar du lätt igenom på ett år. Om du inte hittar honom där får du tänka ut något annat. Som att dragga i kanalerna. Finns också några stycken. Det borde du fixa på tio månader. Finns han inte där heller kan du leta vidare i alla städer i – låt oss säga den sydvästra delen av landet. Det borde hålla dig sysselsatt fram till pensionen."

Så kan han hålla på. Jag vet inte hur många parker det finns i Göteborg men det spelar ingen roll eftersom Madeleine hade nämnt vilken park Lennart brukar hålla till i. Samma park där jag träffade Kurt och skulptören. Skulptören förresten, han pratade om att Kurt var lik någon han skulle avbilda. Tänk om...nej, det kan inte vara möjligt.

"Fråga Jenny hur många parker det finns, hon brukar cykla på gångbanorna och skrämma vettet ur folk som promenerar i lugn och ro. På min cykel."

Jag skulle inte nämnt cykel. Det blixtrade genast till i hennes ögon.

"Du är skyldig mig tolvhundra."

"Förlåt?"

"Din förbaskade cykel gick sönder. Kuggkransen fick bytas och vevhuset behövde ses över."

"Kuggkransen? På en nästan ny cykel. Jag har inte cyklat sammanlagt två timmar på den."

"Det är därför den går sönder. Du har ingen koll på grejerna. Man måste sköta sina prylar. Smörja kedjan och spänna vajrar och kolla bromsarna. Du gör ingenting."

Gör ingenting? Jag är glad om jag får titta på cykeln en gång i månaden. Klappa den och tala om att husse fortfarande lever. Jag är övertygad om att det inte kostade mer än några hundra att byta kuggkransen. Resten lägger hon på som en bonus för att hon tar hand om cykeln. Tar hand om? Det enda hon tar hand om är nedbrytningsprocessen. Hon har ett bra jobb på en konsultfirma. Bra lön. Kunde köpa en egen cykel.

"Ge mig kvittot."

"Vilket kvitto?"

"På reparationen."

"Du tror väl inte man får kvitto på sådana småsummor."

Jag får kvitto när jag köper en liter mjölk. Min syster får inget kvitto när hon betalar överpris för en enkel reparation. Jag hade just tänkt ut en giftighet när det ringde på dörren. Fastän besökaren var väntad blev jag nervös. Min första klient. Freddys Agentur i startgroparna. Men det var inte mötet med henne som gjorde mig nervös, det var de två personer som just tittade på mig med miner som balanserade mellan frågande och roade. Jag hade tänkt bygga upp en bild av mig som den ensamme, omutlige jägaren som aldrig sviker en klient. Hur skulle det gå till när kontoret var överbefolkat av objudna gäster som grinade retsamt varje gång jag öppnade munnen. Ingen av dem gjorde min av att bryta upp och be om ursäkt för att de trängt sig på trots mina menande blickar och nickar och tummen mot dörren. Jenny sträckte fram handen på sitt uppfordrande sätt. Jag drog fram plånboken och öppnade sedelfacket. Där fanns bara femhundrasedlar. Medan jag bläddrade upp femtonhundra försvann Jens ut i tamburen för att öppna dörren. Jag försökte ropa tillbaka honom men han var redan borta. Jenny ryckte ifrån mig sedlarna när hon såg att jag var distraherad. Jag suckade och tänkte att det kan vara värt en slant att bli av med henne i det här känsliga ögonblicket. Jag gjorde en gest som bara kunde uppfattas som *'hej och tack för besöket'*. Av alla utom Jenny. När jag reste mig och gick för att ta emot min klient – hennes röst hördes i tamburen – slog hon sig helt fräckt ner i min snurrfåtölj och började fingra på datorn. Hela min show hade gått i spillror. Jag tänkte bittert på uttrycket *'första intrycket varar'*. Det första intryck Madeleine skulle få av mig var allt annat än intrycket av en omutlig Philip Marlowe. Mitt hopp stod till min förmåga att försvinna ur folks medvetande. Fast det blir ju inte heller bra när man skall presentera sig som detektiv och räddare av folk i nöd. Jag suckade tungt och frågade mig om det fanns något mer som kunde gå fel? Jodå. Min dag hade bara börjat.

Madeleine gjorde entre med Jens hand på sin axel. Det var tydligt att de två redan hade bekantat sig och att tycke uppstått. Hennes vackra ögon strålade när hon tittade upp på hans ansikte. Hon var lika lång som Jenny, det vill säga ganska kort. Jens log sitt allra mest charmerande leende när han gjorde en gest mot mig.

Hans sätt att presentera mig stämde inte heller med vad jag byggt upp inför det här ögonblicket. *'Ingen löser deckarfall lika skapligt som Freddy Larsson'* fick det att rycka i alla mungipor utom mina. Hennes ögon vandrade runt och fastnade på Jenny vid skrivbordet. Jaha, tänkte jag. Hur presenterar jag henne? Min lillasyster? Låter inte proffsigt. En deckares lillasyster sitter inte och tafsar på tangentbordet när klienterna anländer. Min sekreterare? Nej, det skulle släppa loss det isande skrattet. Jenny Penny, cykelkuriren som lämnat ett viktigt dokument och just skulle ge sig iväg igen? Jenny löste problemet genom att resa sig och sträcka fram handen. De två vackra kvinnorna tittade in i varandras ögon och nickade vänligt. Jag måste säga till Jennys fördel att när det gäller att uppföra sig så vet hon precis hur det går till. Hon sade de rätta fraserna och log det rätta kultiverade leendet. Tills gästen frågade om hon hade äran att prata med detektivens fru. Men till och med då höll hon tillbaka sitt tjutande skratt även om skuldrorna skakade som en spårvagn på Linnégatan. Madeleine såg förbryllad ut och gjorde ett misstag till när hon frågade om det var Jens och Jenny som bildade par. Jennys leende och rart lutande huvud kunde tolkas på hur många sätt som helst men det var tydligt att Madeleine fastnade för alternativet fästfolk. Jag råkade titta på Jens i det ögonblicket. Den fasa som stod skriven i hans ansikte vore värd ett eget kapitel. Om jag varit författare hade jag kanske blivit inspirerad och gett mig i kast med uppgiften. Men det som slog mig mest var att detta var Jenny i sitt esse. Utan att säga ett ord hade hon stoppat vidare utveckling av eventuellt prassel mellan Madeleine och Jens. Hur charmör Jensen än kråmade sig för sin nya bekantskap i fortsättningen skulle hon tro att hans enda syfte var att få henne med sig till närmaste säng. En halvgråtande försäkran att han absolut inte hade något ihop med Jenny skulle avfärdas som den gamla tröttsamma fabeln en man tar till när han anar chansen till ett vänstersprång. Nåja, detta var känslomässiga angelägenheter som inte angick mig. Faktiskt var jag glad att de hade något att fundera på så att jag kunde ägna mig åt det väsentliga, deckarjobbet. Jag bjöd Madeleine att sitta i soffan. För att ge ett proffsigt intryck drog jag fram min nyinköpta anteckningsbok och en penna. Tyvärr hade affären sålt slut på svarta anteckningsböcker så jag hade varit tvungen att köpa en röd. Gav intryck av en liten flickas dagbok. Jag försökte låta bli att möta Jens blick när jag bläddrade fram en tom sida. Ja, alla sidor var tomma, men det visste inte Madeleine så jag slog upp sidan tjugo ungefär och skrev Madeleine med stora bokstäver. "Jens och Jenny är pålitligheten förkroppsligad. Det som sägs här stannar mellan dessa fyra väggar."

Avsikten med att måla ut Jenny som pålitlig var att hon skulle känna att jag litade på henne och få henne att svara mot det förtroende jag visade henne. Det höll i tio sekunder. Hennes röst hade den där stickande bitonen som annonserar prov på hennes missuppfattning av humor. "Freddy brukar inleda med att visa sin deckarlegitimation för att skapa det rätta förtroendet."

Den lilla giftödlan! Deckarlegitimation? Vad är det? Finns det överhuvudtaget? Var får man tag i en sådan? Inte hos polisen, hoppas jag. Jag kände hur mitt leende stramade i kinderna medan hjärnan arbetade för högtryck. Det blev inte bättre när jag sneglade på Jens och såg det där grinet som när som helst skulle övergå i ljudlöst skrockande med hoppande axlar. Jag funderade på att säga att mitt deckar-ID för tillfället befann sig hos polisen men det kunde antyda att det blivit indraget. Jag grabbade tag i ett annat infall som just fladdrade förbi.

"Deckarleg behöver man bara om man vill använda vapen i jobbet. Annars räcker det med att registrera ett företag i branschen. Mitt registreringsnummer finns på hemsidan. Jag har inte en tanke på att bära skjutvapen. Mitt vapen sitter här." Jag knackade ett finger lätt mot pannan och tänkte att jag slingrat mig ur knipan på ett ganska elegant sätt. Jenny missade naturligtvis inte tillfället.

"För att ge dig en uppfattning om Freddys skarpsinnighet kan jag tala om att han hörde hur gammal du är bara genom att lyssna till din röst i telefon."

Madeleine log. Hon hade ett vackert leende med jämna vita tänder.

"Han frågade hur gammal jag är."

Kan man tänka sig ett mer typiskt exempel på kvinnlig konspiration. Visserligen hade jag frågat men det var först efter att jag hört på rösten hur gammal hon var. Jag frågade bara för att bekräfta. Jag såg hur de två utbytte menande blickar och brydde mig inte om att kommentera. Mitt uppdrag stod över deras tarvligheter.

"Har din far alltid befunnit sig bland pojkarna i parken?"

Jag hörde själv att frågan lät korkad. Ingen har alltid befunnit sig längst ner på den sociala rangskalan. Utförsbacken börjar när man är vuxen och botten är inte det första man stöter på. Det hade varit bättre att fråga när han råkade illa ut. Men Madeleine förstod mig rätt. "Jag kanske skall börja från början."

Hon tog upp en näsduk som hon höll i handen utan att använda till någonting. I alla fall inte just nu. Vi skulle strax lära oss att hon hade lätt för att gråta. Hennes redogörelse blev en slags CV, då och då avbruten av kommentarer, följdfrågor och stillsamma gråtattacker. Hennes mor hade dött när hon var ett år. I samband med det hade Lennart börjat dricka. Madeleine hade blivit omhändertagen av en moster och hennes man. Hon hade trott att de var hennes föräldrar. När hon var tjugo hade sanningen uppdagats och hon hade sökt upp Lennart. Han hade blivit arg för att hon lade sig i hans privatsaker som han kallade det men hon hade fortsatt hålla kontakten, trots allt glad att ha hittat sin riktige far. Han mjuknade så småningom och berättade om sin tvillingbror, den framgångsrike finansmannen som han var stolt över även om han aldrig skulle medge det. Han var även stolt över sin vackra dotter men det berättade han bara för brännvinskompisarna. När hon sökte upp honom i parken skällde han ut henne och bad henne lämna honom ifred. Hon fick också veta att broder Carls fru Anna-Lisa hade förbjudit allt umgänge mellan bröderna, att det fanns tre barn – Madeleines kusiner – som alla var lika elaka som sin mor. Madeleine sökte upp Carl som genast tyckte om sin brorsdotter och de två träffades varje lördag på en restaurang i city. Detta pågick under flera år. Det var uppenbart att hon varit förtjust i sin farbror, inte minst för hans världsvana och eleganta maner. Hon avslutade berättelsen med en lång, stillsam gråtattack. Jag är lika förtjust i gråtande kvinnor som alla andra män och funderade just på vad jag skulle göra för att mildra depressionen när Jenny lämnade snurrfåtöljen och satte sig bredvid henne i soffan. Utan att säga ett ord lade hon armen om den sorgsna flickan och drog henne intill sig. Madeleine slutade genast snyfta och lade sitt huvud mot Jennys axel. De satt tysta en lång stund och höll bara om varandra. Jag tittade på Jens och såg på hans uttryck att hans tankar rörde sig i samma banor som mina, varför är det så enkelt för tjejer att trösta varandra och varför klarar inte killar av det? När de lösgjort sig ur omfamningen tittade Madeleine halvt skuldmedvetet halvt frågande på mig. Jag nickade uppmuntrande.

"Din far är inte arg på dig, han skäms för att du såg hans förnedring." Jag passade på att sätta mig i den lediga snurrfåtöljen. "Du nämnde när vi talades vid i telefon att Carl hade testamenterat en summa till din far? Hur mycket rör det sig om?"

"Femtiotusen. Men när du och jag talades vid visste jag inte att det fanns ett testamente till. Jag kommer just från Carls advokat. Han gav mig det här kuvertet." Hon drog fram ett dokument ur det öppnade kuvertet och räckte det till mig. "Jag förstår ingenting."

Jag noterade att både Jenny och Jens rätade på ryggarna och att deras miner växlade till nyfikenhet. Jag gissar att min reaktion var något i samma stil och att vi tänkte samma sak, papperet handlade om hur mycket Carl hade testamenterat till Madeleine. Men vad var i så fall svårt att förstå. Hon bad mig läsa högt och jag gjorde så under stigande förvåning. Inte bara min förvåning. Jag noterade Jens och Jennys grubblande uttryck och förstod att alla delade Madeleines konsternation.

"Härmed testamenteras tre miljoner svenska kronor till den av nedan nämnda arvingar som löser nedanstående uppgifter. Varje fråga ger en bokstav som tillsammans med kombinationen 105.3V och bifogade kort med kombinationen/gåtan DofI leder till pengarna. Deltagare är mina barn Martin, Douglas och Mona samt min brorsdotter Madeleine Persson. Här är uppgifterna: 1. HHH minst. 2. Continental Mjölkproducent 3. Volare 4. Hemofili 5. Öronmärkt. Det står var och en fritt att anlita hjälp. Först till kvarn vinner! Lycka till! Carl Pierre Dumont."

Jag tittade mig omkring och såg tre levande frågetecken. Hade jag tittat i en spegel hade jag sett ett till. Jens slog ut med handen i en hjälplös gest.

”För att komma i närheten av att lösa detta måste vi veta mer om Carl Pierre Dumont. Och det vore bra att veta lite om dina medtävlare också. Det nämns inget om ett tidsperspektiv, om att kontakta advokaten efter man löst uppgiften eller om att kontakta en bank.”

Det syntes tydligt på Jenny att hon var fascinerad av spektaklet. Typiskt henne. Så fort hon anar ett tävlingsmoment är hon färdig att ta över. Inte för att hon skulle kunna lösa någonting utan för att hålla låda och vara i centrum för uppmärksamheten.

”Det kan bara betyda en sak. Det handlar om kontanter. Ledtrådarna leder direkt till pengarna.”

Jag suckade. Så fungerar den enkelspåriga hjärnan.

”Du får det att låta så komplicerat, Jenny. Du tror att det står en väska med pengar och väntar i ett förvaringsskåp på centralstationen. Bara att gå dit och hämta den?”

”Varför inte? Vi behöver bara lösa uppgifterna för att luska ut koden eller vad det är.”

Vi? Nu var det plötsligt vårt jobb, inte *ditt* jobb som jag hört för en stund sedan i spydig ton. Lukten av pengar aktiverar alltid en speciell känselcell i hennes näsa. Och kortet? Var det ett bankkort och var i så fall DofI nyckeln till koden? Jag bad att få titta på kortet Madeleine höll i handen. Det såg inte ut som ett bankkort. Men det fanns en magnetremsa. Min fundering 'nyckeln till koden' ledde tankarna till nyckelkort. Sådana man får på hotell istället för nyckel nu för tiden. Jag lämnade tillbaka kortet och satte ögonen på Jenny igen.

”Bara lösa uppgifterna? OK, första gåtan löser du. HHH minst. Vilken bokstav får du ut av det? Ha-Ha-Ha! Minst? Hansestadt Hamburg med ett extra H? Minst? Eller du tror att man skall lägga 3H i en skål och dra ett som i ett lotteri? Och var kommer 'minst' in i det hela?"

Jens såg bekymrad ut.

"Förstår ni vilken mardröm det här kan utvecklas till?" Han lät blicken glida runt. Alla såg frågande ut igen. Han svarade själv som han brukar. "Maran ligger i frasen *först till kvarn'*." Fortfarande reagerade ingen med annat än axelryckningar. "Fundera på det här: *om jag löser gåtorna och någon annan är före får jag inte ett öre*. Och när ni ändå grubblar kan ni få en till: *Ju färre deltagare desto större chans för de kvarvarande.*" Ny dramatisk paus. "Att lösa problemet är inte avgörande, du måste vara först. Och det är lättare att vara först om du är ensam tävlande."

Jag kan inte påstå att jag tyckte om formuleringarna 'ju färre deltagare' och 'ensam tävlande'. Bilden av kusiner som slaktades till höger och vänster framkallade obehagliga bilder. Varför skulle syskonen Pierre Dumont vilja eliminera varandra? Jag hann inte ställa frågan förrän Jens fortsatte.

"Vem är det mest logiskt att göra sig av med först?"

Nu hade alla förstått. Blickarna vändes mot Madeleine. Hon såg helt oberörd ut. Jag undrade om jag hade misstagit mig på den till synes väna varelsen. Den normala reaktionen borde varit skräck eller en gråtattack. Hon log avspänt.

"Vem tycker ni jag skall börja med?

Ingen besvarade leendet. Kalla kårar tystade församlingen. Jens gjorde ytterligare en hjälplös gest och började gå fram och tillbaka på min tjocka heltäckningsmatta.

"Du tycker att jag målar ett skräckscenario?" Hon svarade inte. "Är någon av dina kusiner tillräckligt knäpp för att begå oöverlagda våldshandlingar?"

”Av Carls beskrivningar att döma så är dom lika knäppa alla tre. För att inte tala om vad deras ragata till mor är kapabel till, men steget från att vara knäpp till att kallblodigt mörda någon är ganska stort. Inte sant?”

”Önsketänkande, Madeleine. Det vi talar om från och med nu är girighet, avund och hämnd. Företeelser som förändrar människor totalt. Snäll blir elak som när du vänder en hand. Och i det här fallet är elak utgångsläget om jag förstått dig rätt. Kan det tänkas att syskonen samarbetar för att dela på pengarna?”

”Har jag svårt att tänka mig. Deras inställning är någonting i den här stilen *tänk om jag löser gåtorna, varför skall mina korkade syskon profitera på min intelligens*. Huvudsak JAG. Anna-Lisas filosofi, itutad barnen sedan födseln.”

”Varför inte *om vi samarbetar och min bror eller syster löser dem får jag en miljon utan att göra någonting*.”

”Finns inte i deras värld.”

”Vad händer med finansbolaget? Ingår inte det i arvet till fru och barn?”

”Det är värderat till femtio miljoner. Men det sköts av en stiftelse för all framtid. Anna-Lisa får inte ens en plats i styrelsen. Hon får en livränta som täcker hyran och tillåter ett spartanskt uppehälle enligt advokaten. Hon tvingas avstå det liv i lyx och överflöd hon levt de senaste tjugo åren.”

Jens huvud skakade lätt.

”Om hon inte lyckas lägga beslag på tre miljoner.”

Vi läste skepsis i Madeleines min. Jens fortsatte i resignerad ton.

”Verkar inte som om Carl hade mycket till övers för sin fru och sina ättlingar.”

"Han hatade dem lika mycket som de hatade honom. I deras ögon hade han en enda uppgift. Pumpa in pengar."

"Verkar som om han skötte den uppgiften bra. Kan Anna-Lisa tänkas samarbeta med någon av dem, den smartaste till exempel. Vem är det i så fall?"

"Smart är lika sällsynt i deras värld som generös. Men du har rätt i att någon kan bli utsedd av mamma till medkonspiratör och känna sig stolt över det. Men det kan vara vem som helst."

"Så familjens hela arv är de tre miljonerna. Och de pengarna kan vara borta om du löser gåtan först. Vilket leder oss tillbaka till spekulationen om obehagliga processer i labila huvuden. Och du är allas måltavla."

Jenny hade varit tyst länge nog. Hon reste sig ur soffan och började också traska fram och tillbaka medan hon funderade på nästa svagsinthet. Nu fattades bara att Madeleine lade sig i täten för att det skulle se ut som en tafflig gångtävling. Ingen brydde sig om att jag var chef och den som borde tillfrågas om strategin. Känslan av att inte finnas växte sig starkare och blandades med panikkänslan att nu var det dags. Personen som gjort mig till sitt tankespöke hade tröttnat eller dött. Om några sekunder skulle det säga paff och snurrfåtöljen skulle vara tom. Ingen skulle märka det heller utan Jenny skulle lugnt slå sig ner i stolen och börja tugga på ett pennskaft. Efter tio minuter skulle någon undra vart jag tagit vägen och någon annan skulle säga att han har nog gått ut för att köpa mjölk och alla skulle le försmädligt. Jens och Jenny tycker det är löjligt att vuxna män dricker mjölk. Men inget av detta hände utan Jenny tog till orda på sitt beskäftiga sätt. Ibland har jag svårt att hålla isär yrkesrollerna. Inse att det är Jens som är lärare och inte min syster.

"Först måste vi kartlägga dina kusiners rörelser. Jag kan ta mig an Mona, Jens bevakar Martin och Freddy håller ett öga på Donald. Madeleine, du håller dig i bakgrunden eftersom dom kan känna igen dig."

Jens tittade frågande på henne utan att avbryta sin promenad.

"Kartlägga vad? Titta på när de dricker kaffe på en uteservering? Slå oss ner vid samma bord och fråga om dom tänker skjuta Madeleine? Bryta oss in i lägenheten och rota i lådor?"

Jenny lät sig inte bekomma. Invändningar piggar alltid upp henne.

"Så här fungerar människor. I en grupp på tre eller fler är det alltid en som tar ledningen och dominerar de andra. Det behöver inte vara den mest lämpliga. Oftast är det den mest maktlystna."

Jag tänkte halvt roat att det är just vad som händer i det här rummet när hon lade till att ledaren också kunde vara den enda som hade initiativkraft. Samtidigt tittade hon med lätt förakt på mig. Jag kände mig manad att säga något men jag kunde inte tänka ut något tillräckligt dräpande just då. Hon väntade en stund innan hon skakade på huvudet och fortsatte som en föredragshållare.

"Så vem i familjen Pierre Dumont är mest maktlysten och vem har initiativkraft, denna så sällsynta egenskap i vår övermätta tid." Nu tittade hon på Jens på samma sätt som hon hade tittat på mig. Den här gången gällde den tysta anklagelsen antagligen uteblivet frieri. "Skall vi gissa att Anna-Lisa Pierre Dumont i detta nu smider ränker för att ett av hennes barn skall lägga beslag på pengarna och dela med henne."

Jens satte sig på skrivbordet och tittade uppgivet på Jenny.

"Det här är mycket mer komplicerat än du tror, Jenny. För det första vet vi inte om någon redan har löst gåtorna och stuckit med pengarna. Den som kommer först talar nog inte om det för de andra utan låter dem fortsätta leta till döddagar..."

"Tror jag inte ett ögonblick. Den som kommer först talar säkert om det för att slippa känna de övrigas flås i nacken. Och för triumfens skull. Men vänd på det, någon kan påstå att han eller hon hittat pengarna för att få de andra att sluta leta och för att kunna leta vidare själv i lugn och ro. Till döddagar."

Jag började förstå hur en konspiratorisk hjärna arbetar. Här fanns två. Jag sneglade på Madeleine och såg ett väldigt sorgset ansikte. Det slog mig att hennes ursprungliga ärende varit ett helt annat. Hitta hennes far. Jag beslöt att återgå till det ämnet och började med att be henne beskriva sin far och hans bror. Jag noterade att de två inte var intill förväxling lika men ändå så lika att man såg att de var tvillingar. Carl var den fulare och det fulaste var hans haka. Han älskade rebusar och frågesport. Detta hade vi förstått efter att ha läst testamentet. Han hade även ett brinnande konstintresse. Vid ett tillfälle hade han tagit med Madeleine till konstmuseet och visat sina favorittavlor. Hon nickade åt Jens när hon berättade om ett av verken. Jag noterade förstrött att det handlade om en dansk konstnär som hette Kröyer. Skagenmålare fick jag lära mig. Anledningen till min distraktion var att mina sinnen hade skärpts när jag hörde ordet haka. Skulptör Giljotin hade talat upprört om en haka han fått i uppdrag att avbilda. Men slusken på bänken hette Kurt, inte Lennart. Det var något som inte stämde och samtidigt var det något som stämde förbaskat väl. Jag hade lagt anteckningsboken på skrivbordet och för att ha något att skriva ställde jag en fråga som jag trodde att jag visste svaret på men den slank ur mig ändå.

"Vilket är din fars fulla namn?"

"Kurt Lennart Persson. Ibland kallar han sig Kurt, ibland Lennart. Jag säger bara Lennart."

Det var som att få en örfil. Pusselbitarna ramlade på plats som brickor i ett dominospel. Jag hade suttit en meter ifrån Lennart för fyra dagar sedan. Jag var kanske den siste som sett honom innan han försvann. Ja, utom skulptören förstås. Men jag visste vart han hade gått med den väldige konstnären. Plötsligt arbetade min deckarhjärna för fullt. Inte så mycket med frågan vart Lennart tagit vägen utan hur jag skulle spela ut mitt trumfkort för att återta initiativet. Om jag påstod att jag gått till parken för att spana stämde inte tidsperspektivet. Madeleine hade ringt dagen efter jag varit där. Om jag påstod att jag gått dit efter hon hade ringt skulle hon fråga varför jag inte hade ingripit och bett Lennart ta kontakt med henne. Fast i det skedet visste jag inte att Lennart var Lennart. Min Lennart hette Kurt. Jag undrade om det var två olika personer vi talade om och om beröringspunkterna var tillfälligheter. Nej, jag hade bara svårt att sortera fakta. Kurt på bänken var ingen annan än Madeleines pappa Lennart Persson. Just som jag hade tänkt ut nästa intelligenta fråga avbröt Jenny på sitt direkta sätt.

"Berätta lite mer om dina kusiner och deras mor."

Madeleine ryckte på axlarna började berätta om sina släktingar med entonig röst. Det var tydligt att ämnet inte var behagligt. Hon poängterade än en gång att hon bara träffat Carl och att beskrivningarna var andrahandsinformation från honom. Anna-Lisa spelade i sin

egen division. Häxdivisionen. Detta hade jag redan för-
stått. Inga förskönande omskrivningar. Jag försökte göra
mig en bild av Anna-Lisa. Det var inte svårt. Beskriv-
ningen var tydlig och målande. Begreppen ond och elak
fick nya definitioner under berättelsens gång. Anna-Lisa
Pierre Dumont hade under hela äktenskapet förnedrat
sin vänlige och hårt arbetande make och hånat honom
för hans fulhet. Hon själv såg påfallande bra ut på det
enda fotografi Madeleine hade sett. Det poängterades
att eleganta fasader var ett viktigt element i den förnäma
kvinnans kosmos. Barnen hade uppfostrats att alltid ta
hennes parti i de konflikter med maken hon älskade att
provocera fram. Äldste sonen Martin var en kopia av sin
mor till utseendet. Han hade varken moderns slughet
eller faderns klokhet. Men han var lättledd och gjorde
vad som helst för att imponera och väcka uppmärksam-
het. Och han var hänsynslöst egoistisk. Hans stora in-
tresse var att dricka öl på utvalda pubar. Och han spe-
lade på allting som gick att förlora pengar på – hästar,
roulette, poker. Näst äldste sonen Donald var utse-
endemässigt en kopia av sin far, inklusive torskögon och
oformlig haka men hans karaktär var mammans. Slug
och egoistisk han också. Han var en framstående täv-
lingsskytt och ägde ett antal gevär. Carl hade vid något
tillfälle låtit undslippa sig att han var orolig för Donalds
psykiska stabilitet. Jag skrev flitigt i min lilla bok. När
det var dotter Monas tur att analyseras lade jag märke till
att Madeleines ansikte genomgick en förändring. Av-
smak ersattes av ett sorgligt uttryck. Först trodde jag det
berodde på att Mona var ung kvinna och därmed omfat-
tades av den allmänna feminina solidariteten. Men efter
en stunds skildring förstod jag att det här var en person
man skulle undvika. Madeleines ledsna uttryck hade sin
grund i att Mona anklagat sin far för att hon var ful som

ett troll och inte vacker som sin mor. Detta hade varit snälle Carls stora missräkning i livet. Varje gång Mona kommit på tal under lördagsluncherna hade hans goda humör fasat ut och ersatts av bedrövelse. Madeleine antydde att dotterns hat blivit värre efter att Carl visat familjen ett foto av henne, den vackra kusinen. Hatet hade då blandats med avundsjuka. Martin var 28 år, Donald 25 och Mona 22. Till och med Jenny lyssnade tålmodigt men det var hon som bröt den tystnad som uppstod efter redogörelsen.

"Har du varit i kontakt med polisen?"

Det tog en stund innan Madeleine förstod att Jenny återgått till ämnet försvunne Lennart.

"Dom tror att han flyttat in hos någon supekompis eller att han bor på något härbärge. Verkar inte som om dom tar hans försvinnande på allvar."

Bitterheten i hennes röst gick inte att ta miste på. Jag förstod att Lennart inte hörde till den kategori som fick polisen att sätta in alla sina resurser. Jenny tröstade igen.

"Poliser kan vara lite bryska ibland men jag är säker på att dom gör sitt bästa för att hitta din far."

Hennes omtanke förvånade mig. Vad visste hon om polisers sätt att bemöta människor. Jag förstod att Madeleine var säker på att dom inte skulle göra sitt bästa. I så fall hade hon knappast vänt sig till en privatdeckare. Jag beslöt att det var dags att släppa nästa bomb. Det slog mig att jag aldrig hade släppt så många bomber som den här dagen. Jag försökte komma ihåg om jag någonsin hade släppt en bomb. Hade nog med min nya verksamhet att göra. Privatdeckare släpper fler bomber än småföretagare i diversebranschen.

"Hur brukar din far vara klädd?"

"Blå byxor, tennisskor med långa snören och en sådan." Hon klippte av det sista ordet och nickade åt mitt håll. Jag tittade neråt min utstyrsel och förstod att hon menade kavajen. Faktiskt företedde plagget avlägsna likheter med den slitna kavaj Lennart hade burit. Jag log överseende och undvek Jens och Jennys blickar och insinuanta leenden.

"Då kan jag upplysa dig om att jag träffade din far för fyra dagar sedan i parken bakom Stora Teatern."

Orden fick avsedd effekt. Gapande munnar och vidöppna ögon blandades med misstänksamma miner. Efter en triumferande paus redogjorde jag för händelseförloppet. Beskrivningen av skulptören var inte avsedd att skrämma men jag noterade att det var så den uppfattades. Ändå lade jag inte mer än tio centimeter till hans längd. Madeleine tycktes kippa efter andan.

"Hur mådde pappa? Hade han ätit?"

Lennarts frukost den dagen var något jag inte funderat på. Däremot gissade jag att vätskeintaget hade balanserats under dagens lopp. Jag försökte framföra det senare utan att låta sarkastisk men Jens min underkände försöket. Han tror att jag inte förstår mig på kvinnor. Det beror på att jag aldrig lyckas aldrig få ihop det med någon snygg tjej. Eller någon tjej överhuvudtaget. Madeleine är så långt utom räckhåll att jag inte ens tänker tanken. Men om jag skulle lyckas hitta hennes pappa kanske jag kan väcka så mycket sympati att jag…nej, sympati är nog inte det jag vill ha. Och komplimanger är jag inte bra på. En gång träffade jag en tjej som hade vackra läppar men inga vackra tänder så jag sade 'du har en vacker mun – när den är stängd'. Det var ingen fullträff förstod jag av reaktionen som blev en lång, tyst och väldigt frostig blick. När jag berättade det för Jens, vilket jag inte skulle ha gjort, skakade han bara på huvudet. Sade inte heller ett ord. Men för andra berättar han episoden hur ofta som helst, och då som ett skämt. Jag tycker inte det är roligt.

I alla fall bestämdes att vi skulle söka upp skulptören och ställa några frågor till honom. Madeleine berättade att statyn skulle avtäckas några dagar senare. Hon hade inte fått någon inbjudan till ceremonin. Placeringen var ett institut för teknisk forskning någonstans mot Kungsbacka till. Jag tog för givet att institutet bekostat statyn. Jag sneglade på Jenny som hade satt sig bredvid Madeleine i soffan igen. Hennes tystnad oroade mig. Det kunde betyda att hon hade tappat intresset men det var troligare att hon höll på att smida planer. När de två lutade sig mot varandra och viskade misstänkte jag att hon var på väg att nästla in sig hos Madeleine. Jag nämnde tidigare att jag tycker om pengar. Men då menade jag egna pengar som jag har förtjänat på ärligt sätt. Jag är inte fixerad vid sedelprassel som Jenny. Hon bryr inte om vem som äger pengarna, bara det är pengar. Och hon har någon slags komisk föreställning att tjejer är smartare än killar. Skulle inte förvåna mig om hon tänkte slå sig ihop med Madeleine och göra egna undersökningar. Bakom min rygg. Tänk om dom löser gåtan. Jag såg framför mig hur hon och Madeleine checkade in på Landvetter för en avkopplande resa till Rio de Janeiro medan de fnissade halvt ihjäl sig åt skaplige Freddy som trodde att han var detektiv. Ännu mer oroande blev det när de två viskat färdigt och plötsligt gick mot dörren. Jag höll upp en hand för att markera vem det är som bestämmer. "Ursäkta. Jag har inte gett mina instruktioner ännu. Vart skall ni ta vägen?"

Jenny betraktade mig på det medlidsamma sättet som hon vet att jag inte tycker om. Sedan tittade hon på Madeleine med en min som sade 'han har alltid varit sådan, det går inte att göra något åt'.

"Jag tänkte visa Madeleine var badrummet är. Vilka instruktioner hade du tänkt dig? Använd inte den gröna tvålen, den innehåller en frätande substans?"

Jag tyckte inte bättre om Jens flin när de försvunnit ut i hallen. Han formade en fyrkant med händerna i luften och pekade på väggen bakom mig.

"Där är en bra plats för en skylt med ditt motto."

"Vilket motto?"

"En stor detektiv måste ha ett motto. Här är ett som passar dig, *det är inte viktigt vad du är utan vad du kan inbilla andra att du är.* De förkrympta själarnas motto. Du kan anlita firman som gjorde den andra patetiska skylten."

Jag svarade inte. Som jag nämnt är Jens lärare när han inte extraknäcker som assisterande detektiv. Älskar att dela ut pikar. Precis som Jenny. Jag gav honom en loj blick och meddelade att hans spydigheter går in genom det ena örat och ut genom det andra. Då frågade han om finns något emellan öronen som tar emot. Dansk humor igen. Men min strategi är att låta handlingarna tala för sig själva.

"Tycker du att jag skall ta mig an fallet?"

Hans grin blev ännu bredare. När det inte kom något svar släppte jag ämnet. Jag har aldrig förstått varför folk skrattar när jag är allvarlig. Ingen skrattar när jag skämtar. Jens har förresten inte med den finansiella sidan av saken att göra.

"Vad tycker du jag skall ta betalt?"

"Jag tycker du skall ta skapligt betalt. Förutsatt att du gör ett skapligt jobb."

Jag suckade. Ett förfluget ord som skulle komma att ältas i månader. Både av Jenny och Jens. Jag funderade på att ändra till 'prima' men det lät gammaldags. *Prima jobb till prima priser.* Ungefär som *Prima nyhuggen ved till prima priser.* Formuleringar som min farfar skulle uppskattat. Jag hörde röster i hallen och grabbade tag i pennan för att se upptagen ut när damerna kom tillbaka.

Kvinnor har ett sätt att stänga ute män utan att säga ett ord. Genom miner och kroppsspråk talar de om att det här har ni inte med att göra. En osynlig mur som inte går att tränga igenom. Just det uppträdandet visade Jenny och Madeleine prov på när de gjorde entré igen. Fnittrigt på det där förtroliga sättet. Om man frågar vad som är så roligt blir de allvarliga och tittar på en som om man kommit med ett skamligt förslag. Jag tittade upp från min anteckningsbok som om jag inte lagt märke till att de befann sig i rummet igen.

"OK, Madeleine. Jag är villig att ta mig an ditt fall."

Jag förstod av reaktionen att diskussionen i köket eller badrummet varit av det muntra slaget. Det bekom mig inte. Resultaten skulle snart börja tala för sig själva. Madeleine lyckades rätta till sina anletsdrag och nickade godkännande när jag läste upp villkoren. Ingen betalning förrän resultaten radades upp, därefter delbetalning, en lagom rund summa. Slutbetalning skulle ske inom en viss tid efter fallet var löst. Precis så skötte jag min andra verksamhet. Beställning, leverans, godkännande, betalning. Vad är det egentligen för skillnad på att leverera deckartjänster och att leverera tyska ölglas? Jo, en viss skillnad skulle jag få erfara.

Problem är till för att lösas

Jag har en teori om dumskallens oförmåga att ändra uppfattning. Så här tror jag att det är. När en insikt i vilket ämne som helst efter många hårda stötar äntligen har penetrerat det tjocka pannbenet så gäller det att klamra sig fast vid den som en bergsklättrare vid en klippspets. Kunskapen blir som en armerad betongklump i den trögtänktes huvud. Går inte att få bort hur fel eller dumt det än är. Ta Jennys komiska ide att kvinnor är smartare än män. Hon grundar tesen på att det är vetenskapligt bevisat genom att Gud har utrustat kvinnan med intuition. Vetenskapligt bevisat? När man frågar henne vad Gud har utrustat mannen med tar hon en tugga av ett äpple som hon nästan alltid har i handen och tittar överseende medan hon tuggar. Något svar kommer inte. Det är sådana dumheter hon lär sig av Jens, den uttrycksfulla minens mästare.

Just den attityden visade hon upp när hon två dagar senare dundrade in på deckarkontoret. Jens hade kommit några minuter tidigare. Ibland får jag en känsla av att de två dras till varandra som magneter. Åtminstone dras Jenny till Jens. Jag undrar också om inte Jens är lite smickrad av hennes idoga försök att få med honom på något skoj och att hans motsträvighet bara är ett spel. Jenny har säkert en teori om det också. De saktfärdiga männens inneboende tröghet skulle hon nog kalla det.

Eller medfödda indolens. Hon är svag för fina ord som hon tror att jag inte begriper.

Hon satte sig på skrivbordsskivan med en fot dinglande i luften och tittade på mig på ett sätt jag inte tyckte om. Budskapet tycktes vara ungefär det jag nämnde ovan, kvinnans överlägsenhet. Det bekräftades av hennes första replik.

”Ha, ha, ha!”

Precis så. Hon skrattade inte, hon läste upp ha,ha,ha med kommatecken emellan som en sjuåring med lässvårigheter. Jens tittade också lite förvånat, men han kommenterar aldrig hennes dumheter. Jag rättade till slipsknuten.

”Mycket intelligent inledning, Jenny. Finns det någon fortsättning eller förklaring eller skall vi applådera nu?”

”Det var du som sade så. Kommer du ihåg. Det var i förrgår när ditt knivskarpa intellekt tog itu med gåtorna. Hamburgare pratade du också om. Berodde nog på att du var hungrig. Madeleine förstod säkert att hon vänt sig till det rätta skarpsinnet med sina bokstavsgåtor.”

”Jag gissar att du försöker säga någonting.”

Hennes nästa steg var mer förutsägbart. Hon tog fram sin lilla röda plånbok och tittade förvånat i sedelfacket. Det var ett annat av hennes paradnummer. Jag skakade på huvudet och tittade på Jens. Han såg fortfarande likgiltig ut men det kunde lika gärna tyda på att han räknat ut vad som var på gång som att han inte förstod. Jennys lilla show övergick i akt två. Förvåning.

”Nej, men. Vart har dom tagit vägen?” Hon tittade på mig som om det var mitt fel att dom hade tagit vägen. ”Jag skulle lämna tillbaka tre hundra som du betalade för mycket för reparationen men här finns inte ett öre.” Nu tittade hon på Jens som om han kunde svara på frågan. Hon ryckte på axlarna och tittade på mig igen. "Då får du låna mig tre hundra till i morgon."

"Jag har inga pengar på mig."

Det är ett svar som hon aldrig har accepterat. Till min ytterligare irritation tog hon fram en röd anteckningsbok och bläddrade fram en sida. Ett ögonblick trodde jag att det var min bok. Jag var tvungen att känna efter i fickan för att övertyga mig att så inte var fallet. Hon läste tyst en stund. Sedan slog hon ihop den och tittade först på mig och sedan på Jens.

"OK, då går jag till Madeleine."

Jag höll upp en hand. Hennes fantasi när det gäller baksluga konspirationer är obegränsad. Men den här gången gjorde hon sig till åtlöje.

"Tänker du låna pengar av Madeleine?"

"Inte låna. Bara fråga vad hon tycker lösningen på första gåtan är värd."

"Ett ögonblick. Du tänker väl inte inbilla oss att din lilla…" här svalde jag motvilligt *kycklinghjärna*… det vill säga jag svalde inte en friterad kycklinghjärna utan ordet *kycklinghjärna*. "…att du tror att du kan lösa intellektuella problem."

Jag sökte stöd hos Jens med blicken. Han såg lite betänksam ut om jag läste uttrycket rätt. Verkade nästan som om han gick på hennes bluff. Jag hade träffat honom över ett glas öl dagen innan. Vi hade vridit och vänt på *HHH minst* tills vi tvingats be bartendern om varsin Alvedon. Vi hade inte varit i närheten av Heureka! eller ens *'skulle det kunna vara så att…'* Jag gjorde en svepande gest som för att understryka det löjliga i situationen.

"OK, Jenny, till saken."

"A."

"Ja?"

”Nej. A.”

”Vadå A? Menar du att bokstaven vi söker är A? Skall någon betala dig för att du vet att alfabetet börjar med A? Vad skall det kosta? 300? Om jag ger dig så mycket som en krona påstår du väl att nästa bokstav är B.”

”Ha-ha-ha! Minst. Madeleine sade att Carl var intresserad av konst. Så jag gick till konstmuseet.”

Här gjorde hon en av sina triumferande pauser. Fruktansvärt irriterande. Det är sådana små gester som ingår i hennes uppfattning om det kvinnliga försprånget. Jag kastade en blick på Jens. Han såg ännu mer betänksam ut. Han till och med nickade uppskattande åt Jennys håll.

”Kröyer?” Hon svarade inte men log vänligt. Jens suckade och fortsatte uppgivet. ”Hipp, Hipp, Hurra!”

Nu var det Jenny som nickade. Plötsligt fick jag den där kusliga känslan av att inte finnas. De två diskuterade en lösning på ett problem som jag inte hade en susning om vad det handlade om. Vad hade Hipp, Hipp, Hurra! med saken att göra. Jens fortsatte som om jag var luft.

”Bra gjort, Jenny. Förbaskat bra gjort. Jag borde förstås ha tänkt på det när Madeleine nämnde Kröyer, min berömde landsman. En av hans bästa tavlor. Men var kommer bokstaven A ifrån? Kröyer ger ett K. Vad heter han i förnamn? Peder Severin? Ger inget A.”

Han gick fram och satte sig mittemot henne på mitt stora skrivbord. Så nära att hennes knä vilade mot hans lår. Min frustration tilltog med varje ny förolämpning. De satt på mitt skrivbord, djupt engagerade i mitt fall och löste en gåta som jag fått i uppdrag att lösa. Och de pratade och utbytte blickar som om jag inte fanns. Och jag fattade fortfarande inte vad de pratade om. En dansk konstnär som hette Kröyer. Tydligen borde man känna till honom. Jenny drog fram ett vykort och viftade med det en stund innan hon räckte det till Jens. Inte till mig, chefsdetektiven. Tydligen föreställde det tavlan. Han nickade ännu mer beskäftigt när han tittade på det och vände det för att läsa texten. Jag sträckte på halsen för att få en skymt av bilden och såg ett sällskap kring ett trädgårdsbord. Männen stod upp med höjda snapsglas. Några kvinnor satt runt bordet. En av dem hade ett litet flickebarn i knät. Jens räckte tillbaka kortet till Jenny. Hon nickade så belåtet att nästa stadium var 'sprickfärdig av snorkig självsäkerhet'.

"Festen försiggår i Michael och Anna Anchers trädgård i Skagen. Minsta personen på bilden är deras dotter Helga Ancher. Jag tror att det är A som i Ancher vi är ute efter. Eller H som i Helga."

Jens nickade nästan vördnadsfullt den här gången.

"Hur fick du reda på allt det här?"

"Internet. Jag hade inte ens behövt gå till museet. Alla uppgifter fanns på konstmuseets hemsida."

Plötsligt lade hon märke till mig och sträckte ut handen på sitt uppfordrande sätt. Jag suckade, tog fram plånboken och bläddrade fram tre hundralappar som jag lade på skrivbordet. Hon drog inte undan handen utan höll den på samma sätt tills jag bläddrat upp trehundra till. Hon stoppade dem i sin plånbok utan att se det minsta tacksam ut. Istället sträckte hon fram handen igen.

"Plus fyrtio för inträdet."

Jag började fundera på om jag hade råd att bedriva deckarverksamhet. Å andra sidan var jag tvungen att erkänna att utan hennes insats hade jag inte kunnat presentera något resultat alls i det här läget. Jag hade faktiskt tänkt börja med att leta reda på Lennart, ett jordnära uppdrag som låg närmare min kapacitet. Han hade kanske kommit tillrätta under tiden.

I alla fall hade vi lärt oss att kunskap om konst varit viktig i Carls värld. Jag undrade om alla frågorna hade med konst att göra och bläddrade fram sidan med gåtorna i min anteckningsbok. Nästa uppgift löd Continental mjölkproducent. Har inte det minsta med konst att göra om man frågar mig. Ett mejeri i Tyskland? En alpko i Schweiz? Nu fick jag ont i huvudet igen. Och Continental var felstavat. Kontinental har jag lärt mig att det stavas. Å andra sidan hade jag inte förknippat HHH med konst om jag så hade stått under en galge och känt ett rep läggas runt min hals och någon sagt att repet skulle tas bort om jag kunde klämma fram svaret. Jag tittade på Jenny och såg att den lilla näbbgäddan såg ut som om hon tänkte ge sig i kast med den gåtan också. I alla fall såg hon inte uppgiven ut. Jens såg också ut som om någon pumpat friskt blod i hans ådror. Jenny bröt tystnaden.

"Undrar om familjen Pierre Dumont har kommit någon av lösningarna på spåren?"

Frågan satte ner modet igen. Åtminstone mitt. Kapplöpningen var igång. Hjärnornas kamp. Fast utan min hjärna. Den var mer paralyserad än någonsin.

Oprövade grepp

Jag måste erkänna att jag aldrig har funderat på hur statyer tillverkas. Det vill säga metallstatyer. Stenstatyer kan man väl bara göra på ett sätt. Hammare och mejsel. Eller något elektriskt fräsverktyg nu för tiden. Men man kan ju inte gjuta ett jättelikt metallblock och börja hacka i det med stämjärn. Det måste finnas en annan metod. En gissning handlade om färdiggjutna halvor som svetsas ihop. Jag nämnde inte mina tankegångar för Jens när vi stod och tittade på den staty i naturlig storlek som föreställde – eller borde föreställa – Carl Pierre Dumont. Jens har säkert en idé om hur det går till. Han är beläst som det heter i hans kretsar. Men att vara duktig i matematik och fysik innebär ju inte per automatik att man vet allt eller ens något om statyers tillkomst. Jag sneglade på honom och noterade att hans koncentration riktades mot Madeleine. Inte mot hennes bekymrade uttryck med en finger på nästippen utan mot hennes jeansklädda stjärt. Jag tittade också på den men mest för att jag undrade hur hon lyckats pressa in den i byxorna. Ordet tajt fick en ny innebörd medan jag funderade. Jens ryckte till när hon plötsligt tittade på honom. Jag kom att tänka på när Jenny hade kommit på honom med att stirra på hennes stjärt och undrade om kvinnor har en inbyggd känselcell som registrerar mäns blickar på deras rumpor? Hon log på samma försmädliga sätt som Jenny hade gjort innan hon vände blicken mot mitt oskyldiga ansikte.

"Det är inte Carls ansikte, det är pappas."

Jag ställde mig bredvid henne för att få samma vinkel. Vi befann oss på en liten avsats. En bred trappa ledde upp till avsatsen från den stora lobbyn och från avsatsen fortsatte trappor upp till de övre regionerna i byggnaden. Statyn stod på en liten stensockel. Jag betraktade den med en viss skepsis. Min erfarenhet av bronsstatyer är att de skiftar i olika gröna nyanser orsakade av ålder och ärg. Den här blänkte rödbrun och grann i ljuset från ett stort fönster. Men jag hade förstås bara sett sådana som stått utomhus i åratal, kanske decennier. Men det var något annat som inte stämde. Hela styrelsen inklusive Anna-Lisa och hennes barn måste ha noterat att likheten saknades. Jag framförde den funderingen. Hon ryckte på axlarna.

"Ingen av dom såg någonsin pappa och han är en förskönad kopia av Carl. Dom tycker antagligen att konstnären gjort ett utmärkt jobb. En snyggare farbror utan att likheten gått förlorad."

Det lät logiskt. Jag gick fram till det lilla podiet där statyn stod och knackade lätt på den med en penna. Det ihåliga ljudet bekräftade min misstanke att därinne fanns ett stort tomrum. Jag påpekade detta för Jens. Han kunde naturligtvis inte avhålla sig från kommentaren att när det gäller tomrum, stora som små, böjer han sig för min expertis. Min andra teori – att det kunde finnas något därinne som hade med Lennarts försvinnande att göra – ville jag inte framföra i Madeleines sällskap. Och förslaget att borra ett litet hål för att släppa ut eventuell stank höll jag också för mig själv tills vidare. Hon skulle förmodligen inte uppskatta att hennes far diskuterades i termer av ruttnande ostar. Annars var min tanke att lukten skulle få vaktmästaren att reagera vilket i sin tur skulle leda till att statyn öppnades av polisen. Jag fick en annan idé. Det kanske skulle gå att vicka på statyn. Om den gick att vicka det allra minsta måste det betyda att den var tom. Även om Lennart inte var storväxt måste han i alla fall ha vägt sjuttiofem kilo. Jag gick fram och tog ett tag om statyn för att känna på vikten.

Jag vet inte hur det kommer sig men när man tror att något är rejält tungt och man bara vill känna på det för att bedöma vikten tar man i som om man deltog i SM i styrkelyft. Jag är inte särskilt stark men jag kunde konstatera att det behöver man inte vara för att lyfta ett tomt metallskal. Min missbedömning hade också sin grund i att jag trodde att fötterna eller skorna var fastsatta med någon pigg i stensockeln och att det skulle krävas lite teknik för att vicka upp dem ur håligheterna.

Jag vet inte heller om det finns något namn på det brottargrepp jag tog men om det inte finns borde man ta patent på det. Det skulle göra brottningskonsten intressantare. Som tur var föll jag åt sidan med statyn över mig. Det dämpade fallet och ljudet. Annars hade nog braket av den ihåliga metallen mot stengolvet väckt alla som befann sig i byggnaden. Nu reagerade inte ens vaktmästaren i andra ändan av lobbyn. Det kunde jag konstatera när jag baxade upp statyn med hjälp av Jens. Hans isande tystnad och Madeleines häpna ansikte gjorde klart för mig att de inte förstod den briljanta tanken bakom aktionen. När statyn var på plats igen borstade jag av mig och nickade belåtet. Madeleine såg ut som om hon bevittnat ett mordförsök på hennes pappa. Jag harklade mig lätt och pressade fram ett leende. "Då vet vi det."

Min avsikt var att meddela att planen hade lyckats. Det vill säga planen att ta reda på om Lennarts kvarlevor fanns i statyn eller inte. Budskapet gick inte fram. Jens reaktion fick mig att tvivla på att han är så smart som jag trott att han är. Att han inte är så smart som han själv tror har jag vetat länge. Han skakade så länge och uppgivet på huvudet att jag var tvungen att småle. Jag skulle just förklara det jag trott var uppenbart när han avbröt. Jag har alltid tyckt att det är löjligt när folk upprepar vad andra just har sagt. I synnerhet om det sker med indignerad stämma.

"Då vet vi det?" Han gav mig en blick som påminde om den jag fick av min gamle engelsklärare när jag uttalade *'comfortable'* som *'come for table'.* "Då vet vi det? Det smärtar mig att behöva meddela dig på det här brutala sättet, Freddy men jag har vetat 'det' i decennier. Vad i herrans namn menar du med att ta en flygande mara på statyn och kasta dig handlöst ut i rymden? Hade inte jag fångat upp dig hade du rullat nerför trappan och fram till vaktmästarens lucka. Och där hade du legat kvar när polisen hade anlänt och arresterat dig för stöldförsök av staty föreställande Carl Pierre Dumont."

Statyn föreställde faktiskt Lennart Persson men jag brydde mig inte om att påpeka det just nu. Och flygande mara var nog rätt beteckning på greppet. Jag har en svag minnesbild av Frank Andersson på brottningsmattan när han hystade omkring sina motståndare på liknande sätt. Skillnaden var att han hade rönt uppskattning för sina bedrifter. Men jag är inte småaktig. Jag förklarade varför jag hade gjort som jag gjort. Madeleines uttryck gick från misstroget till äcklat under berättelsens gång. Jag gissade att hennes fantasi tog samma bana som min vad gäller odörer och konsistens av det som enligt teorin kunde befunnit sig i metallskalet. Jag log lätt pressat igen, den här gången för att skyla över.

"Tyvärr är det så i den här branschen, Madeleine. Man får inte rygga för någonting. Det är bara att möta utmaningarna och ta tjuren vid hornen."

Jag skulle inte sagt *'ta tjuren vid hornen'*. Jens hakade genast på. Fast han bytte ut tjuren mot en ko och gjorde vissa förolämpande jämförelser med mitt sätt att tänka och lösa problem. Men som jag sagt tidigare låter jag folk hållas. I synnerhet när dom hetsar upp sig och blir högröda i ansiktet. Jag fortsatte att le mot Madeleine för att hon inte skulle få för sig att jag tog illa upp. När Jens lugnat ner sig tog jag fram min anteckningsbok för att notera dagens framgångar. Till min förargelse ställde han sig bakom mig för att titta över min axel när jag skrev. Det räckte med två ord för att beskriva uppdraget – *staty tom*. Hans kommentar var så förutsägbar att jag tvekar att upprepa den. Men eftersom jag har bestämt mig för att redogöra för mina fall så kan jag lika gärna göra det grundligt. För övrigt uttryckte han sig inte verbalt, bara genom gester. Han sökte Madeleines blick innan han pekade mot statyn. Därefter stötte han ett finger mot min tinning. Madeleine sade inte heller någonting. Hon bara nickade uppgivet. Som sagt – låt dem hållas.

Skarpladdat

Jag skulle vilja ha ett samtal med den tanklöse figur som myntade ordspråket 'en olycka kommer sällan ensam'. Och då är det ordet 'sällan' jag skulle vilja diskutera. Jag har nämligen ändrat till 'aldrig' i min personliga ordspråksbok. Och jag talar av erfarenhet. Så fort jag har drabbats av en olycka sätter jag mig ner och väntar på nästa. Jag kan inte koppla av förrän den också har slagit till. Det slår aldrig fel. Här skulle jag kunna vara lite rolig och säga att 'aldrig slår aldrig fel' men jag vägrar sänka mig till tarvliga nivåer. Dessutom kände jag på mig att nästa jävelskap redan var på gång. Jag hade precis kommit tillbaka från institutet och incidenten med statyn och slagit mig ner vid skrivbordet. Egentligen skulle hjärnan arbeta febrilt för att tänka ut nästa steg mot fallets lösning men den här olidliga väntan på olyckan gjorde mig förlamad. Dessutom retade det mig att Jens och Madeleine hade bildat en slags front mot mig. Precis som om det inte räckte att kämpa mot familjen Pierre Dumont och deras oförutsägbara påhitt. Jag önskade att jag hade lite koll på övriga inblandades rörelser och tankegångar men just nu hade jag inte koll på mina egna. Skönt i alla fall att besparas Jennys vansinnesskratt. Hade inte sett eller hört henne sedan i lördags. Idag var det måndag.

Ljudet av någon som ryckte i handtaget till lägenhetsdörren avbröt mina funderingar. Fan också! Skulle inte ha tänkt på Jenny. I synnerhet inte när jag väntar på en olycka. Nu står hon i trapphuset och rycker i dörren.

Kan bara vara hon som sliter så hysteriskt i handtaget. Jag låste för att få vara i fred. Jag bryr mig inte om att öppna så kanske hon går sin väg. Så där ja, nu låser hon upp med sin nyckel. Skulle aldrig gett henne en nyckel. Jag har sagt till henne att den är bara till för nödsituationer. Om det finns anledning att misstänka att jag har brutit benet och ligger hjälplös på golvet eller om jag har hög feber och ligger i sängen och yrar. När jag sade 'yrar' svarade hon att i så fall kan hon gå in när som helst och att hon skulle vilja uppleva den dag när jag inte yrar. Eller om jag har låst mig ute vilket inte går eftersom man bara kan låsa utifrån med nyckel. Jag hann bara tänka den sista tanken innan hon stod på tröskeln till deckarkontoret. Det var också med det påpekandet jag öppnade konversationen. Hon tittade på mig med glödande blick.

"Låst dig ute? Du skulle låsas in!" Hon ändrade min till överlägset förakt. "Brottas med en staty! Kan du se rubrikerna framför dig? *Privatdetektiv förgriper sig på metallskal för att bevisa att det är tomt.* Kan du se dig framför polisdomaren? Inte? Det kan jag. Och höra din stammande ursäkt *'jag trodde att statyn var full så jag agerade i självförsvar'.* Hur kan jag vara släkt med dig?"

Där hade hon en poäng. Likheterna mellan Jenny och mig är svåra både att upptäcka och att definiera. För att inte säga omöjliga. Men någonstans i troligen förhistorisk tid måste det finnas gemensamma gener. Får kolla med Darwin. Jens frågade också vid något tillfälle hur det var möjligt att Jenny och jag var släkt? Jag nickade instämmande tills jag förstod att vi inte menade samma sak. Han var inne på Jennys linje. Hur kunde hon vara släkt med mig? Inte tvärtom. Ordval som din vackra syster och en så livlig och klipsk tjej sårade mig faktiskt en smula. Fortsättningen på tankegången blev nämligen

Jennys förslöade och korkade bror. Men så sade han inte, sådde bara ett frö så att tankarna hamnade på det spåret av sig själva. Dansk humor. Eller antydningarnas lömska konst.

"Är det Jens eller Madeleine som har gett dig den här vrångbilden?" Hon svarade inte. "OK, här får du den rätta versionen, genom mitt skarpsinne och mitt mod har jag bevisat att Giljotin inte har mördat Lennart."

"Hur har du bevisat det? Genom att våldföra dig på en staty han har gjort? Det enda du har bevisat är att dina sjuka fantasier inte är något annat än just det – sjuka fantasier."

Usch! Jag tycker inte om de orden – sjuka fantasier. Det påminner mig om att jag är just det – en sjuk fantasi. Tänk om jag har förbrukat min rätt att existera och att min okände skapare fattat ett avgörande beslut – bort med honom! Jag höll andan medan jag väntade. Jag kunde höra mitt hjärta bulta. Det lugnade mig tillfälligt. Om hjärtat bultar så måste jag fortfarande finnas. Jag tog ett djupt andetag som övergick i en lättad suck. Jag hade kommit undan med hjärtat i halsgropen här gången också. Både bildligt och bokstavligt. För sanningen att säga så hade jag inte känt mig obemärkt när jag drösade omkull med statyn. Tvärtom. Jag hade stått i centrum för all uppmärksamhet under flera minuter. Visserligen bara för Jens och Madeleines uppmärksamhet men i det ögonblicket var jag tacksam att publiken inte var större. Jenny spädde på genom att förklara att det fanns andra sätt att ta livet av folk än att pressa in dem i metallhöljen och att spåren efter Lennart fortfarande slutade i Giljotins atelje. Jag gjorde en trött gest mitt i hennes upphetsning.

"Någon måste se till att det här fallet går mot någon form av lösning."

”Och vem är det?”

”Vet du att du är ganska tröttsam ibland, Jenny. På vilket sätt har du bidragit?”

”Jag har bidragit med det enda som åstadkommits. Lösningen på första gåtan. Och på tal om tröttsam, vem är det som har initierat hela spektaklet? Skapliga Freddy. Chefsdetektiven. Men för att du inte skall misströsta, eller få oss andra att misströsta tänker jag lämna mitt andra bidrag. För Madeleines skull, inte din.”

Jag skulle just lugna henne med några väl valda ord om ansvar och omdöme när det ringde på dörren. Den öppnades genast och ett ögonblick senare uppenbarade sig Jens och Madeleine. Jag såg min stillsamma eftermiddag lösas upp i intet. Det var tydligt att Jenny låg bakom mötet. Hon försökte inte ens spela överraskad. Till råga på allt skickade hon Jens ut i köket efter en flaska vin. Själv hämtade hon glas i mitt nyinköpta skåp med glasdörrar. Jag vet inte hur hon visste att jag flyttat vinglasen dit men hon visste. De syntes inte genom glasdörrarna. Jens återvände med två flaskor av mitt dyraste vin. För att jag inte skulle protestera och be honom ta något billigare hade han redan öppnat dem. Inte nog med att de tog över detektivarbetet, jag fick inte ens bestämma i mitt eget hem eller över mitt eget vin.

När vinet serverats med generösa danska skvättar – en flaska räcker i bästa fall till fyra glas – slog de sig ner i soffan som därmed var fullsatt. Jag fick återvända till skrivbordet med mitt glas. Jag skulle kanske vara tacksam att jag inte skickades ut i köket. Känslan att inte finnas återvände och växte sig starkare när det glammades borta i soffan. Ingen höjde glaset och skålade åt mitt håll.

Det var i alla fall ett gott vin. Borde det vara till det priset. Det var Jenny som lurat mig att köpa ett dubbelt så dyrt vin som jag brukar köpa. Dessutom på flaska. Annars är min filosofi på systembolaget *så mycket som möjligt för så lite pengar som möjligt.* Det brukar bli någon bulgarisk eller sydafrikansk bag-in-box. Det blev efter en stund så livat borta i soffan att jag undrade om det fanns något annat syfte med det här mötet än att dricka upp mitt vin. När Jens skickades ut för att länsa mitt kylskåp på smörgåsar med korv och ost och skinka anade jag att det kunde dra ut på tiden och frågade Jenny om det vore för mycket om hon drog agendan. Hon avbröt en fnissattack och tittade upp som om hon blev överraskad att det fanns en person till i rummet. Istället för att svara tittade hon på Madeleine och båda kvinnorna bröt ut i hejdlöst fnissande. Jag tittade förstulet på den andra vinflaskan som lämnats utan tillsyn på skrivbordet och läste fjorton procent på etiketten. Alldeles för starkt för små flickor.

När de ätit upp smörgåsarna och tömt båda flaskorna tittade de plötsligt åt mitt håll. Jag blev smickrad och tänkte att de kanske sparat en smörgås och lite vin åt mig men det var inte jag som var föremål för uppmärksamheten, det var min laptop. Utan att säga ett ord till mig samlades de runt maskinen som vändes så att alla utom jag kunde se bildskärmen. Jenny och Madeleine satte sig på skrivbordskanten och Jens förblev stående. Jenny stack in ett USB-minne och några sekunder senare klickade hon fram det som tydligen var huvudnumret i eftermiddagens föreställning. De tre lutade sig i olika vinklar mot skärmen medan Jenny förklarade. Jag kunde få en skymt av skärmen om jag sträckte och böjde mig i den mest gymnastiska ställning jag praktiserat sedan mellanstadiet och kikade mellan

Madeleines lår. Ja, det låter lite si så där men hon satt så att det inte gick att undvika. Jenny hade spelat in en film med sin mobil eller en digitalkamera. Det började med en skyttetävling. Jag såg ett antal figurer med gevär som radat upp sig för att bombardera ett lika stort antal måltavlor. Det var inte särskilt spännande att se hur de riktade sina vapen och tryckte av. Det enda som hände var att det smattrade en stund. Det hade kanske varit mer spännande att se träffbilderna för att kunna följa tävlingen men fotografen hade missat den biten. Efter en stund klipptes scenen av. Nästa episod visade vinnaren av tävlingen. Jag förstod att det var vinnaren för han omringades av medtävlare som gratulerade. Jag hade ingen aning om att man kunde säga *'grattis, hörrudu'* på så många olika sätt. Konstigt nog babblade inte Jenny oavbrutet för att framhäva sin prestation så jag förstod att det var viktigt att lyssna på det som sades i filmen. Jag skulle just fråga om vi väntade på något av allmänintresse eller om jag kunde få tillbaka min laptop när vi plötsligt befann oss inomhus. Vinnaren av tävlingen satt vid ett bord och drack kaffe. Kameran stod och filmade på ett annat bord förstod jag eftersom både vinnaren och Jenny kunde ses i bild. Avsaknaden av andra röster indikerade att de två var ensamma i rummet. Det förvånade mig inte att Jenny helt fräckt presenterade sig som sportjournalist på GP. Ord som skamkänsla och anständighet har inte etablerat sig i henne personliga vokabulär.

Jag måste medge att när hon bjuder på sin personlighet kan hon vara riktigt medryckande. Vid det här tillfället hade hon kammat fram en lugg och delat den i pannan så att hon såg oemotståndligt flickaktig ut. Och hon öste på med sitt leende och sin okynniga blick så att den stackars skytten blev alldeles till sig. När jag lyssnade på föreställningen slog det mig att teaterscenen gått miste om en jättetalang när hon gick in för en karriär i databranschen. Det framgick ganska snart att personen hon pratade med var Donald Pierre Dumont. Det hade jag redan gissat. Namnet förknippades med gevär och skjutande. Vi tvingades lyssna på artigheter och snack om skjutning och hur duktig han var på att få kulorna att hamna i mitten av tavlan. Nu tvingas jag berömma Jenny igen. Hon var så övertygande i sin roll att till och med jag blev lite bortkollrad och fick en känsla av att jag tittade på ett inslag i Rapport. Den känslan gick över när hon plötsligt pausade filmen och gned tummen mot pekfingret på det där giriga sättet samtidigt som hon sträckte handen mot mig. Jag suckade när jag förstod att det inte skulle bli mer bio om jag inte betalade. Lösningen av gåtan hade kostat sex hundra så jag gissade att det här skulle gå på något liknande. Där bedrog jag mig igen. Jag tog fram plånboken och öppnade sedelfacket. Jag försökte hålla det från hennes blickar men det lyckades inte. Jag hade under helgen levererat ett stort parti artiklar jag fått från Tyskland och fått betalt i kontanter. Just den kunden tycker inte om kvitton och fakturor. Han tycker inte om moms och bankkort heller. Plånboken svällde av femhundrasedlar. Några hundralappar låg inklämda i mitten och jag fingrade fram dem. Det var tre stycken. Jag lade dem på skrivbordsskivan. Hon tittade inte ens på dem. Jag lade en femhundring ovanpå. Fortfarande ingen reaktion. Jag lade en till. Hon tog bunten och stoppade ner i sin lilla röda plånbok. Allt detta försiggick utan att ett ord uttalades. Jag tittade upp och mötte Jens blick och leende. Jag undrar om alla danskar kan le på det sättet eller om det är en specialitet han övat in. Jag vet ingen svensk som kan säga så mycket med ett leende. Om jag skulle skriva ner allt jag läste in i det smilet skulle det fylla en A4 sida.

Pengarna fick i alla fall den lilla girigbuken att starta filmen igen. Jag undvek att titta på henne för att slippa se ett försmädligt flin till. Mitt intresse väcktes när filmen fortsatte och hon på ett skickligt sätt lyckades få med sig Donald in på ämnet Carl Pierre Dumont. Samtidigt förstod jag att Donald inte var medveten om att det hela filmades. Jenny hade troligen gömt kameran i en väska hon ställt på bordet bredvid. Smart igen. Nu började det bli intressant på allvar. Donald tillhörde den skrytsamma sorten och beskrev sin framgångsrike far som ett orakel finansministern borde ha vänt sig till för råd och tips. Jenny utvecklade skickligt ämnet och beklagade hans död. När statyn omnämndes tittade alla på mig men jag låtsades inte om blickarna. Donald kom själv in på temat testamente när Jenny frågade vad som skulle hända med företaget nu. Han talade plötsligt mellan sammanbitna tänder men trots det hördes allt han sade klart och tydligt. Han hade en kultiverad stämma och artikulerade väl. Vi fick veta att företaget var utom familjens räckhåll för all framtid. Anna-Lisa skulle få en löjligt liten livränta som inte på något sätt svarade mot eller täckte hennes behov. Den betalade hyran för lyxvåningen och lite till. Detta visste vi redan. Han blev nästan lyrisk när han pratade om mamma. Jag undrade om jag lyssnade till en beskrivning av en Gudinna. Inte minst lovordades hennes skarpa intellekt. Plötsligt sänkte han rösten till sin version av förtrolighet. I mina öron lät den mer hotfull. Jennys blixtrande leende fortsatte att skörda framgångar. Hon behövde inte ställa några följdfrågor. Donald berättade nu nästan viskande att han och mamma höll på att lösa gåtan hans imbecille far lämnat efter sig. Jag log roat när jag konstaterade att den alldeles nyss briljante fadern degraderats till imbecill och undrade om omdömet grundades på att den äldre mannens frågor var för svåra eller för lätta. Jenny smög in en fråga om syskonen och hans attityd ändrades igen. Något mer korkat än hans syster fanns inte på denna planet så hon var ute ur bilden. Det var tydligt att både Donald och Anna-Lisa förfäktade den åsikten. Broder Martin ägnade sig hellre åt Martini och öl än ansträngande hjärnövningar. Om han hade någon hjärna alls, flikades in på slutet. Och han var spelgalen. Men det visste vi också sedan tidigare. Jag gjorde reflektionen att Donalds eftermäle inte skulle komma att domineras av kärlek till hans syskon. Jenny hade varit smart nog att plocka fram ett anteckningsblock när hon började intervjun och var smart nog att lägga undan det när pratstunden blev personlig. Men när hon frågade om han kunde förklara varför han inte tyckte om testamentet och om hon kunde få exempel på frågorna eller ledtrådarna trodde jag hon gått för långt och att Donald skulle bli förbaskad och förklara intervjun avslutad. Men charmen gjorde sitt igen. Jag undrade varför jag så sällan såg exempel på den bedårande egenskapen. Jag hörde inom mig förklaringen *'varför ödsla charm på sin bror? I synnerhet en sådan bror'*. Donald trodde tydligen att han gjorde intryck på den söta reportern. Han visade till och med prov på sin uppfattning – eller missuppfattning – av charm i ett leende som kunde fått känsliga personer att famla efter stöd. Han berättade med låg röst om den första frågans HHH och hur löjligt lätt det varit att lösa den. Konstnären Kröyer hade målat en tavla som heter Hipp Hipp Hurra. Bokstaven K var redan i hamn. Jenny gömde sin belåtenhet bakom en beundrande nick. Plötsligt lutade Donald sig över bordet och tittade sig omkring som om han misstänkte tjuvlyssnare. Han lyckades klämma in både hot och förtrolighet i sin väsande stämma när han berättade om kusin Madeleine och hennes far. Hans av naturen smala ögon smalnade till tunna streck när han gjorde ett inlägg med så låg röst att det verkade som om han ville att inte ens Jenny skulle höra. 'Men den gubben är borta. För gott. Skulle inte förvåna om hans dotter går samma väg'. Här tog föreställningen abrupt slut. Bilden dog bort och Jenny suckade. "Förbaskade batteriet tog slut. Hade satt i nya men det finns ju ingen kraft i dom. Men det blev inte mycket mer sagt."

Vi satt tysta och begrundade det avlyssnade samtalet. De tre inkräktarna återvände till soffan. Jag tittade på Madeleine medan jag funderade på orden *'den gubben är borta. För gott. Skulle inte förvåna om dottern går samma väg'.* Hon verkade inte heller förstå hur det skulle tolkas. Jag gissade att Donald fått reda på att Lennart var försvunnen. Men för alltid? Vad visste han om det. Att Madeleine skulle gå samma väg kunde vara önsketänkande. Vad som skrämde i sammanhanget var orden 'skulle inte förvåna'. Det lät både som hot och förhoppning. Jag hoppades att det bara var i mitt huvud tankarna tog de banorna. Fast Madeleine såg betänksam ut. Jag kände kalla kårar som inte gick att skaka bort. Inte oväntat var det Jenny som bröt tystnaden. Ännu mindre oväntat var att hon började med att skicka Jens efter mer vin. Åsynen av sedlarna i min plånbok hade övertygat henne om att jag kunde hålla hela kvarteret med vin och andra godsaker. Att de pengarna tillhörde min firma var ingen idé att förklara för henne. Kontanta pengar i min plånbok finns där bara så länge Jenny Penny inte lyckats snappa åt sig dem.

När de hällt upp mer vin och suttit tysta en stund till började funderingarna ta form. Madeleine menade att anledningen till att Donald visat upp en så sympatisk sida hade bara med att göra att en attraktiv kvinna visat intresse för hans person. Jenny berättade att efter batteriet tagit slut hade han frågat om hon hade lust att äta en bit med honom för att fira segern i skjuttävlingen. Hon hade avböjt med motiveringen att hon måste till tidningen och skriva färdigt artikeln. Men hon tänkte hålla kontakt via telefon för att hålla koll på lösningen av gåtorna. Jag tvivlade på att den metoden skulle leda till framgång. Det är en sak att charma en grabb med blixtrande leenden och blickar och något helt annat att locka ur honom känslig information via telefon.

De obesvarade frågorna verkade finnas mest i mitt huvud. Som tur är har jag ett systematiskt sinne. Måste man ha i deckarbranschen. Om jag sammanfattar ser det ut så här. Donald är den farlige medtävlaren. Frågan är om han är lika farlig på andra sätt eller om han koncentrerar sig på att lösa gåtor. Vad betyder det han sade om att Lennart var borta för gott? Och vilka hot finns mot Madeleine? Hur långt har Donald och hans mor kommit i jakten på lösningen av gåtorna? HHH. Tänk om det är konstnärens namn som efterfrågades och om ordet 'minst' är ett villospår. I så fall är det vi som ligger efter. Måste hålla alla dörrar öppna. Att det kan vara så jobbigt att vara deckare. Ännu värre när man har medhjälpare som inte frågar vilka deras uppdrag är utan bara tar egna initiativ. Nu har Jenny haft tur två gånger. Det kan hon inte ha en gång till. Hur är det man säger? Tredje gången gillt? Fast tvärtom. Nej, jag måste tänka ut någonting för att återta initiativet. Jo, jag har sagt det förut, men jag får ju aldrig arbetsro när kontoret alltid är överbefolkat. Så här långt verkar som om jag bara har skaffat Jens och Jenny en hobby. Dom gör allt det roliga och jag får slita med det andra. Vilket är det andra, frågar man sig då. Ja, till exempel att kartlägga de inblandade. Eller prata med dem. Var fick jag kartlägga ifrån? Tror jag börjar låta som en poliskommissarie. Eller en byråkrat. OK, jag börjar i morgon. Går till skulptören och pratar med honom. Sedan går jag till parken och snackar med gubbarna på Lennarts bänk. De samlas nog kring tio när systemet öppnar. Något mer? Borde kanske söka upp Anna-Lisa också. Men det får vänta. Och så måste jag lösa en bokstavsgåta så att det händer något på den fronten. Se till att Madeleine får sina pengar så att hon kan betala min räkning. Continental mjölkproducent? Jag blir tokig om jag funderar ännu mer på den. Undrar om Philip Marlowe hade det så snärjigt. Eller Paul Drake, deckaren som jobbade ihop med Perry Mason. När han fick ett uppdrag tog det tio minuter så hade han löst det. Oftast per telefon med snurrskiva. Tiden han fick över använde han till att flörta med Della Street, Masons snygga sekreterare. Vem skall jag flörta med om jag skulle få några minuter över? Madeleine? Hon ser mig inte. Jag undrar vad jag gör för fel. Eller bättre uttryckt, jag undrar vad jag gör som inte är fel.

Jag bad inte Jens följa med till skulptören. Försökte få fram budskapet att det här sköter jag bättre själv. Det var som att prata med en tegelvägg. Ibland undrar jag om det ingår i hans danska humorshow att låtsas att han inte förstår. En gång berättade jag en rolig episod om en okänslig tjomme som mitt under pågående akt säger till sin kvinna *'ditt ansikte hänger'* – hon befann sig tydligen ovanpå – varpå hon replikerar *'det gör din snopp också'* och han svarar *'det gör den inte alls…AJ!'* och hon rundar av med *'nu gör den det'*. En ganska kul historia tyckte jag tills han berättade den för Jenny och framställde det som om jag återgett en självupplevd händelse. Nu har den blivit en vandringsmyt och varje gång jag hör den har man lagt till små pikanta detaljer. Jag har slutat påpeka att jag inte tycker det är roligt. Som jag brukar säga – låt dom hållas. Samma filosofi tillämpade jag när Jens slog följe med mig till Giljotins atelje. När jag påpekade för honom att det kunde kännas lite kymigt att stå öga mot öga med den temperamentsfulle bjässen svarade han att han ofta haft en känsla av att leda mig till giljotinen.

När vi letat upp rätt adress stannade vi och tittade oss omkring. Det såg inte ut som om en konstnärs atelje skulle gömma sig innanför den höga aluminiumporten. Bredvid porten låg en diskret butik med övermålade skyltfönster. En liten handskriven skylt meddelade öppettiderna. Jag gissade att en rörelse som har sin aktivitet mellan elva på natten och fem på morgonen inte behöver annonsera sin existens med en gräll neonskylt. Jens knackade på en gångdörr bredvid den stora porten. Ljudet var så svagt att man fick en känsla av att det försvann upp i hans arm och in i kroppen. Efter en stund hördes steg närma sig inifrån. När dörren öppnades fick vi ta ett kvickt steg tillbaka eftersom den till vår förvåning öppnades utåt istället för inåt. Ett gigantiskt okammat huvud stirrade ilsket på oss.

"Ja?"

Hans röst var så djup att jag fick en känsla av att trottoaren vibrerade. När det inte kom något omedelbart svar vaggade han tummen som en liftare mot den ljusskygga butiken intill.

"Mina herrar har kommit fel. Sexklubben ligger där."

Min röst startade i falsett och lät fortfarande ljus när jag sänkte till min djupaste bas.

"Ursäkta. Har jag äran att tala med herr Giljotin?"

Bjässen mätte mig med blicken. Omdömet visade sig i en grimas.

"Det beror på."

"Beror på vad?"

"Vad du har för ärende?"

"Jag skulle vilja tala med er om en staty ni har byggt."

"Byggt? Man bygger inte statyer. Man bygger hus och bilar. Statyer skapas. Vilken staty är det frågan om?"

Han studerade min klädsel, eller utstyrsel som Jens kallar den och ryckte till när blicken fastnade på en punkt strax nedanför hakan. Jag började luta åt att Jens hade rätt i att skogshuggarrutigt och röd-vit-grönrandig slips inte är en lyckad kombination. Jag förklarade vilken staty jag menade. Hans uttryck blev inte vänligare.

"Menar du den glosögda idioten med orangutanghakan?"

Leendet stramade i kinderna när jag sträckte ut handen och hoppades att jag skulle få tillbaka den i oskadat skick.

"Just det. Jag kanske skall presentera mig. Mitt namn är Freddy Larsson." Jag nickade åt Jens. "Detta är Jens Laurits Jensen, en konstälskande vän från Köpenhamn."

De två skakade hand och jag noterade att till och med Jens såg lite tagen ut. Anblicken av skulptör Giljotin lämnade ingen oberörd. Mitt lilla påhitt med dansk vän tvingade honom att prata danska. Annars hör man att han är dansk på språkmelodin men han pratar oklanderlig svenska. Och när han pratar engelska tror man att han är engelsman. Lärde jag mig när vi var i London. Hans trevliga leende fick skulptören att mjukna men konstnärens uppträdande var fortfarande miltals ifrån vad som går under beteckningen angenämt i sociala sammanhang.

"Fan ta den statyn. Jag satte min konstnärliga integritet på spel när jag gick med på att försköna det grisansiktet. Hade jag inte varit i desperat behov av pengar hade jag rekommenderat uppdragsgivaren en promenad längs en pir och…" Han avslutade med en skräckinjagande handrörelse under halsen och satte sin glödande blick på mitt ansikte. "Och namnet är Kiljorin. Kent Kiljorin."

På sätt och vis var jag glad åt rättelsen. Det gjorde hans uppenbarelse lite mindre kuslig. Med det formatet och det humöret bör man ha ett vänligare namn än Giljotin. Jag behövde inte titta på Jens. Hans outtalade sarkasmer kändes i luften. Han tog ett steg närmare skulptören.

"Det är precis vad jag sade till mig själv när jag betraktade verket. Detta kan inte vara ett verk av Kiljorin. Det har inget av den eteriska flykt jag associerar med hans kreationer. Inget av den graciösa luftighet man förknippar med den som står på torget vid…" Här knäppte han med fingrarna för att få tag i det försvunna namnet. Det lyckades inte. "Men mest av allt saknar jag den figurativa spänning som är så betecknande för tidigare alster."

Skulptörens ansikte mjuknade medan han lyssnade. Han nickade kort.

"Det är det minsta man kan säga. Statyer som den här har inte producerats sedan Lenins dagar, utom i Nordkorea. Det hade aldrig fallit mig in att jag skulle tvingas delta i självförnekande bedrägerier som det här." Han tog ett djupt andetag som övergick i en suck. "Men sådan är kulturarbetarens lott. Den ekonomiska verkligheten ger fullkomligt fan i den konstnärliga integriteten." Han böjde huvudet för att inte slå det i dörrposten när han tog ett steg tillbaka och gjorde en inbjudande gest. "Men varsågoda och stig på så skall jag visa vad jag håller på med just nu."

Jens klev in genom den trånga dörröppningen. Jag klev bakom honom och såg inte att tröskeln var flera decimeter hög. Jag träffade den med tåspetsen strax under övre kanten. Det var ingen vacker entré. Jag famlade efter stöd med vevande armar och snubblade rakt in i Jens rygg. Jag måste ge honom en komplimang för hans goda balanssinne. Utan det hade vi båda drumlat in i lokalen som två fyllon som just blivit utslängda från Gamle Port. Fast tvärtom. Inkastade. Skulptören hade ryggen mot oss och noterade inte akrobatiken. Hans koncentration var riktad mot en hög metallskrot på golvet. Han gjorde en pompös gest.

"Det är ett uppdrag av en köpmannaförening som vill förgylla ett litet torg omgivet av gula tegelbyggnader. Ganska ful plats så jag förstår att dom vill piffa till den. Dom har gett mig fria händer." Hans mäktiga röst ekade i lokalen som helt saknade ljudabsorberande ytor. "Min idé är en slags fågelvingar i romboidform. Jag har ingen titel ännu men arbetstiteln är *'Geometrisk Flykt'*." Han gjorde en grimas som om han bitit i en citron. "Jag behöver det här uppdraget för att tvätta huvudet rent från gubbfan i vestibulen."

Jens nickade deltagande som om han förstod. Jag berömde tidigare Jennys skådespelarkonst i samband med Donalds skyttetävling. Jens prestation var något liknande men med fler inslag från den pantomimiska skolan. Med yviga gester närmade han sig skrotet från vänster, tog några steg tillbaka, avancerade igen, lutade sig i en äventyrlig vinkel åt sidan, stelnade i en position som om han tänkt göra ett odödligt uttalande, ändrade sig och gick två varv runt järnbitarna.

"Imponerande" Hans röst hade en biton av vördnad och respekt som han aldrig gjorde bruk av när han pratade med mig. "Verkligen imponerande."

Skulptören sög i sig berömmet med en kort nick och ett belåtet leende.

"Det kommer att se väldigt bra ut på plats." Han nickade mot ett hörn som var möblerat med en soffa, två justerbara stolar av trädgårdstyp och ett repigt bord. "Jag har några fotografier av torget och en skiss av den färdiga skulpturen på plats. Får det vara ett glas vin?"

Jens valde en av stolarna. På bordet stod en öppnad flaska vin. "Mycket vänligt, herr Kiljorin."

Jag tyckte att det skulle se bra ut om jag också låtsades intresserad av skrotet. Samtidigt passade jag på att granska lokalen. I ett hörn fanns en ugn som troligen användes till att bränna keramik. Den var för liten för att trycka in en person av Lennarts storlek såvida man inte…nej, styckmord var att låta fantasin skena. På golvet låg några bronsskulpturer. Kvinnoskulpturer i naturlig storlek. Jag kände vagt igen dem från någon plats i stan. De skulle tydligen renoveras. Jag skulle just fråga skulptören var de brukade stå när en uråldrig telefon gav ifrån sig en skarp signal. Jag tittade åt ljudets håll och observerade inte ett bildäck som låg på golvet. Jag klarade mig från en störtdykning den här gången också. Mycket tack vare att foten som inte stötte mot gummit tog ett instinktivt steg upp i luften och hamnade inne i däcket. Jag log fånigt mot Kiljorin som pratade i telefon men han såg mig inte den här gången heller eftersom han just grabbat tag i en penna för att anteckna någonting. Jens noterade min lilla piruett med det gamla vanliga uttrycket. Uppgiven sarkasm tror jag är en bra beskrivning. När jag trasslade ut fötterna läste jag tillverkarens namn på däckssidan. En liten klocka pinglade till i bakhuvudet men budskapet stördes av Kiljorins animerade stämma i telefonen. Jag promenerade till det möblerade hörnet och slog mig ner i soffan. Jens hade hittat fotografiet och skissen. Med löjlig kännarmin och pompösa gester beskrev han hur han föreställde sig de geometriska vingarna på plats.

"Detta, min käre Larsson, kallar jag konst. Notera det surrealistiska elementet trots inslag av kaos i kompositionen."

Jag kastade en blick på skulptören för att förvissa mig om att han inte lyssnade.

"Surrealism är kaos. Och välkommen ner på jorden. Om du inte dämpar dig kommer du att flyga ut genom dörren på dina germanska fågelvingar."

Uppmaningen var bortkastad. Jens var så uppspelt och så inne i sin roll att han såg ut som om han velat ha en monokel för att kunna betrakta så simpla figurer som detektiver med den rätta överlägsenheten.

"Geometriska, Larsson. Min herre förväxlar begreppen. Var medveten om…" Han hörde att Kiljorin avslutade sitt samtal och höjde rösten som om han talade till ett auditorium. "Var medveten om att du har den stora äran att bevittna en odödlig skapelse i sitt initialskede. I detta ögonblick är du en – visserligen passiv – men ändå deltagare i en process av högsta konstnärliga dignitet. När dina barnbarn visar bilder av den här skulpturen i sina skolböcker kan du med stolthet säga *jag var där när konstnären arbetade med den'*."

Skulptören bad om ursäkt för avbrottet när han dunsade ner i den lediga stolen. Han fyllde vin upp till randen i tre glas av senapsmodell och grabbade tag i ett av dem.

"Jag förväntar mig mycket av den och känner mig enormt inspirerad. Kanske skall jag vara tacksam mot fetknoppen. För inspirationen, menar jag."

Han tömde halva glaset utan att föreslå en skål. Jens och jag höjde våra glas och tog varsin liten klunk. När Jens ställde tillbaka glaset hade han klistrat på sitt kultiverade vernissageleende igen.

"Men trots stil och form var det något med statyn i lobbyn som slog mig. Jag sade till mig själv att man kan ändå spåra den store konstnären i linjerna och se att fantasin har arbetat för högtryck. Kanske skojar han med betraktaren genom att skapa ett ansikte som bara existerar i han egen, något bisarra fantasi. Kanske vill han göra folk betänksamma inför de oändliga former Gud har skapat eller för att visa att den store skaparen kan vara lika obarmhärtig mot människan som han är mot marulken på havets botten. Tror ni på gud, herr Kiljorin?"

"Bara om det är min gamla konfirmationspräst som frågar." Till min häpnad svepte han i sig resten av vinet i sitt glas utan att blinka. "Jag har aldrig brytt mig om de religiösa spörsmålen. Jag förstår inte varför någon gör det. Hur from du än är så är du lika förbannat en syndare. Då är det väl lika bra att synda." Han fyllde glaset till randen igen. "Men gud var inte inblandad den här gången. Åtminstone inte i den fasen när jag klev in på scenen. Det är sant att jag aldrig träffade det här torskliknande exemplaret men enligt de fotografier jag fick som referensmaterial var det han verkliga fysionomi. Faktiskt såg han ännu värre ut."

Jens såg artigt förvånad ut.

"Nu förstår jag inte. Om den statyn är ett förskönande har jag svårt att föreställa mig originalet?"

Konstnären bläddrade i den stora högen fotografier som låg på bordet och drog fram ett som han betraktade med avsmak innan han lämnade det till Jens. Jag fick också en skymt av den verklige Carl Pierre Dumont. Det behövdes ingen skådespelarkonst för att rygga tillbaka inför anblicken. Jag omvärderade tyst mitt omdöme om Lennart som medaljkandidat i disciplinen motbjudande utseenden. Med kännedom om de verkliga anletsdragen var statyn ett mästerverk. Jens fortsatte spela sin roll.

"Vid gud! Den här mannen är ingen skönhet." Han höll bilden mellan tummen och pekfingret som om den kunde överföra smittsamma sjukdomar. "Detta ställer er prestation med statyn i en helt annan dager. Ni har gjort en diamant av en granitsten utan att förlora granitens struktur. Jag hoppas att er uppdragsgivare förstår att uppskatta prestationen. Men hur lyckades ni – med dessa bilder som enda referens – åstadkomma miraklet?"

Berömmet lockade fram smilgropar i konstnärens ansikte. Han lutade sig mot Jens och sänkte basrösten ytterligare en oktav.

"Oss emellan använde jag mig av en annan referens. Av en tillfällighet sprang jag på en slusk i en park som var otroligt lik gorillan jag skulle avbilda. Inte intill förväxling lik men en sympatisk variant på temat."

Han tackade de högre makter han inte trodde på med en belåten nick mot taket. Jens drog eftertänksamt i en örsnibb.

"Kan det verkligen vara möjligt att två människor liknar varandra som tvillingar utan att vara släkt. I synnerhet med det utseendet. Man skulle nästan kunna misstänka gemensamma gener i det förflutna."

Kiljorin hade redan svalt ner sitt andra glas vin.

"Carl Pierre Dumont var en man i samhällets övre skikt. Slusken var längst nere på botten. Jag hoppas jag aldrig ser honom igen. För säkerhets skull har jag förlagt mina promenader till en annan park. Det här skedde i parken bakom Stora Teatern."

När han sade Stora Teatern tittade han på mig som om han blev förvånad att jag befann mig i hans soffa. Jag log fånigt och svalde när han granskade min kavaj igen. Hans jovialitet var som bortblåst när han sköt fram underläppen på ett både frågande och anklagande sätt.

"Har vi träffats förut?"

Jag förklarade att vi inte hade gjort det. Att jag inte skulle glömma en så prominent person som Kent Kiljorin. Han såg inte helt övertygad ut. Jag hoppades att han inte funderade på var jag fått 'Giljotin' ifrån när jag frågat om han var den person vi sökte. Kanske var han van vid just den förväxlingen. Jens ställde tillbaka sitt glas efter en försiktig klunk.

"De kanske var släkt utan att veta om det. Vi har väl all sått vår vildhavre."

Hans skratt drunknade i det tordönsliknande muller som steg upp ur skulptörens strupe. I pausen som uppstod efter dånet passade jag på att fråga hur det går till att göra ett ansikte i brons. Kiljorins attityd växlade genast till misstänksam men det var svårt att avgöra om det berodde på min person eller frågans natur. Han förklarade att det fanns olika metoder men att han gjort en mask av gips. Detta hade jag förstått redan när jag höll på att klämmas till döds på parkbänken. Men gips är inte brons. Det kom ingen förklaring men jag föreställde mig flytande metall på gipsmasken och att man knackade bort gipset när metallen stelnat. Han berättade också i kort ton att han efter sessionen hade stuckit femhundra kronor i sluskens hand och kört iväg honom. Jens noterade också humörsvängningen och reste sig hastigt. Vi tackade för vinet och vänligt bemötande och tog adjö. Vi lämnade lokalen på samma sätt som vi kommit in, det vill säga jag råkade träffa tröskeln med tåspetsen igen. Måste nog träna in den användbara konsten att lyfta fötterna. Jens hade ett ärende till sin skola och vi skildes åt vid Kungsportsbron. Vi bestämde att träffas hos mig några timmar senare.

När jag slagit mig ner i snurrfåtöljen på deckarkontoret försökte jag sammanfatta. Det slog mig att det var Jens som hade tagit över hela föreställningen. Är det inte Jenny som glänser och tar åt sig äran så är det Jens. Jag har visserligen sagt att grundidén i min deckarverksamhet är att jobba diskret i bakgrunden. Men då hade jag två helt andra varianter på temat i tankarna. Synas men inte höras eller höras men inte synas. Så här långt tycks resultatet vara 'varken synas eller höras'. Jag måste nog prestera snart annars kommer sarkasmerna att surra i luften nästa gång J&J dundrar in i min lägenhet.

Okej, sammanfattning. Där är jag i alla fall på mammas gata. Det systematiska sinnets hemmaplan. Var är den förbaskade anteckningsboken? Vem har gömt den i bröstfickan? Ny sida. Rubrik: hos skulptören. Varför gick vi dit? För att luska ut vad som hänt Lennart naturligtvis. Lyckades det? Får nog medge att det inte blev så bra. Det enda vi lärde oss var att bjässen Kiljorin hade tagit med sig Lennart till ateljen, gjort en gipsavgjutning och skickat iväg honom. Finns det anledning att betvivla hans uppgifter? Nej. Han hade bara den nyttan av Lennart och känner sig inte hotad av hans fortsatta existens. Att han träffat Lennart och tagit med honom till ateljen visste jag innan. Mitt enda bidrag till utredningen. Punkt, slut. Nej, vänta lite, det var någonting med mitt snubblande i ateljen som fick det att plinga till. Däcket. Vad var det nu det stod på sidan? Continental. Varför reagerade jag för det? Andra ledtråden i testamentet är Continental mjölkproducent. Det kanske inte är felstavat. Det här kräver koncentration och tystnad. Trancendental meditation. Stirra på en punkt.

Så där ja, nu sprack det. Varje gång jag behöver lugn och ro ringer det på dörren. Jag känner igen signalen. Alldeles riktigt. Ingen väntan på att jag skall öppna. Nu är hon redan inne i hallen. Här kommer hon. Och Jens också. Adjö koncentration. När dom kommer in frågar dom alltid om dom stör. Det gör dom alltid. Men dom lyssnar inte på mitt svar. Den här gången skall jag säga att jag har precis fått ett slaganfall. Ambulansen är på väg. Varsågoda och slå er ner. Men det går inte att prata lugnt och stillsamt när Jenny kommer farande. Just farande. Hon går aldrig in i ett rum. Hon stormar in. Faktiskt en bra beskrivning av hela hennes person. En stormvind. Fanns det inte en låt som hette så. Fångad av en stormvind. Stångad av en stormvind vore en bättre beskrivning på Jennys inverkan på sin omgivning. Nu sätter hon sig på skrivbordet och flinar på det där försmädliga sättet.

”Giljotin?”

Och skrattet. Nu spräckte hon min högra trumhinna. Vore bättre om hon spräckte sina stämband. Och dessa ständiga komplotter. Förstår att hon och Jens haft roligt. Han ser lika glad ut. Men jag inte lust att lyssna på deras trams just nu. Jag fick rätt i min gissning att hon strax skulle bli trött på sitt tjoande. Det skrattet måste vara lika ansträngande att producera som att lyssna på. Jag skyndade jag mig att utnyttja tystnaden som uppstod.

”Continental.” Jag uttalade ordet med den svenska betoningen på sista stavelsen och gjorde en konstpaus. ”Continental.” Nu uttalade jag ordet på engelska med betoning på tredje stavelsen. De tittade först på varandra och sedan på mig som om de tänkte föreslå transport till psykmottagningen. Jag hade inte väntat att de skulle förstå. Jag förstod knappt själv. Kunde bara inte bli av med den pinglande klockan i bakhuvudet.

Jens drog djupt efter andan.

”Jag gissar att det finns ett budskap.”

”Just det. Jag råkade snubbla över någonting i Krinolins atelje.”

Jag skulle inte sagt snubbla. Tydligen hade Jenny fått hela historien serverad. Jag hade naturligtvis menat att jag snubblat över en av ledtrådarna. Hon undrade om jag menade när jag snubblat på vägen in eller vägen ut eller över däcket. Jens fyllde i med detaljer som inte var ett dugg roliga men som ändå fick dem att gå i taket. Låt dom hållas. Dom tröttar bara ut sig själva. När jag trodde att de var utmattade började de om igen. Den här gången var det namnet de hängde upp sig på. Krinolin var tydligen fel. Vad tusan hette karlen. Krikolin? Krokodil? Jag väntade ut den här attacken också innan jag bad Jens fylla i. Han var naturligtvis tvungen att larva sig med några dumma namnförslag som jag inte ens lyssnade på. Men medan han tramsade kom jag på det själv. Kiljorin. Måste tänka på Kilroy för att memorera. Jag uttalade namnet i likgiltig ton och gjorde en gest som var ägnad att få dem att återgå till allvaret. Atmosfären i rummet hade inte präglats av en sekunds allvar sedan humoristerna klampat in. Jag upprepade ledtråden.

"Continental mjölkproducent. Vad får det er att tänka på?"

Jenny skakade på både huvud och axlar.

"Du menar vad får det oss att snubbla över?" Jag såg på henne att det skulle komma en ny lustighet när det plötsligt blinkade till i ögonen. Jag förstod också att det var samma slant som snurrat i mitt huvud men vägrat ramla ner. Hon skrek ut ordet. "Get!"

Jens rätade genast på ryggen. Han hade också kommit på det i samma ögonblick.

"Jäklar! Att jag inte kom på det förut! Geten och bildäcket!"

Just det. Nu kom jag också på det. Nu gällde det att få dem att tro att jag vetat hela tiden och bara velat ge dem chansen att klämma fram det. Annars skulle Jenny sträcka sina giriga fingrar över bordet igen. Men vilken bokstav skulle det ge. Vilka namn från popkonsten kunde jag? Andy Warhol. Jag mumlade namnet halvhögt. A som i Andy låter inte rätt. Skulle ge AA så här långt. Eller HA om det var Helga som gav den första bokstaven. AW eller HW låter ännu dummare om man söker ett svenskt ord. Awful på engelska men det kunde inte vara det vi sökte även om det var en passande beskrivning av min fattningsförmåga i just det här ögonblicket. Jag försökte se ut som om jag visste och bara väntade på deras förslag. Det kom inga. Inte för att de inte visste utan för att de trodde det var så uppenbart att det inte behövde sägas. Efter en stunds nickande mot varandra vände de sig plötsligt mot mig och tittade uppfordrande. Framförallt på min lilla röda som jag börjat kalla den. Jag fattade ingenting. Jenny gjorde en gest.

"Då har vi två bokstäver. A och den här." Hon fortsatte att glo på mig. Jag började bli nervös. "Skall du inte skriva i din löjliga bok?"

Skriva vad? Vem var konstnären bakom geten? Jag skrattade generat och krafsade ner en krumelur. Jag kunde googla mig fram till rätt svar på internet senare.

"Förlåt, jag satt i tankarna. Funderade på om det var för- eller efternamnets initial som skulle in." Jag skrattade generat igen men ingen verkade tycka det var roligt. Jenny gjorde om sin lilla gest.

"Och vilken valde du?"

"Jag har inte bestämt mig ännu. Man måste skynda långsamt och låta besluten mogna. Jag skrev båda initialerna tills vidare."

"Och vilka är dom?"

Nu hörde jag att mitt skratt började låta både ansträngt och tillgjort. Jag harklade mig och försökte byta samtalsämne. Det resulterade i Jennys framsträckta hand.

"Jag förstår att det är svårt att välja initial i ett namn som Robert Rauschenberg. När du har chansat färdigt…" Hon gjorde den obehagliga gnidande rörelsen med tummen. Jag protesterade.

"Utan mig hade du inte kommit på det."

Det skulle jag inte heller ha sagt. Det resulterade i att Jens också sträckte fram handen och gned med fingrarna. Jag försökte avväpna dem genom att sträcka fram min hand och göra likadant. "Hade inte jag snubblat över däcket hade vi inte varit i närheten av lösningen."

Jens drog tillbaka sin hand men hans ansiktsuttryck ändrades inte. Jag gissade att en kommentar i stil med att min begåvningsnivå låg snubblande nära getens kittlade hans tungspets men han förblev tyst. Jag muttrade för mig själv när jag gav Jenny två hundralappar. Jag hade väntat protester men hon var anständig nog att nöja sig med det.

Den nya bokstaven måste firas. Tyckte Jens. På min bekostnad. Tyckte Jenny. Jag hade precis hunnit fylla på vinförrådet med den dyra sort de hade gjort slut på häromdagen. Dumt nog hade jag lagt flaskorna på samma ställe. Jag försökte protestera igen och säga att Jens och jag hade fått vårt kvantum för dagen hos Kiljorin. Jens påpekade att vi bara hade smuttat på dropparna som blev över när Kiljorin sörplade i sig hela flaskan. Dessutom var dom hungriga. Jenny föreslog hämtning av pizza hos italienaren tvärs över gatan. Hon erbjöd sig att hämta och sträckte fram handen igen. Nu förstod jag hennes taktik och varför hon nöjt sig med tvåhundra nyss. Jag hade bara femhundringar kvar och räckte över en. Naturligtvis skulle inte femhundra räcka till tre pizzor om man ville ha extra skinka och räkor och Gorgonzola istället för Parmesanost. Och ett glas vin medan man väntade på att beställningen skulle bli färdig. När hon stoppade ner två femhundringar i sin plånbok förstod jag att hon skulle hon behålla den ena som fyllnadsbetalning. Jag tänkte föreslå att hon skulle arbeta av en del av pengarna genom att hjälpa mig med bokföring och fakturor i min andra firma, men då hade hon redan sprungit iväg.

Hon hade inte varit borta två minuter när det ringde på dörren. Jag trodde hon kom tillbaka för att kräva mer pengar men dörren öppnades inte. Det är så ovanligt att folk inte bara går rakt in att det tog en stund innan jag fattade att någon väntade på att bli insläppt. Jens fattade snabbare och gick ut till hallen för att ta emot besökaren. Det var Madeleine. Jag log skevt när hon kom in. Varje gång hon kom för att prata med mig öppnade Jens dörren. När jag granskade hennes uppenbarelse i det vackert modellerande ljuset från mina stora fönster undrade jag om hon och Jenny deltog i någon slags åtsittande jeanstävling. I så fall tog Madeleine ledningen med knapp marginal. Kanske beroende på att det som fanns innanför hennes byxor var lite fylligare än det Jenny härbärgerade i sina urtvättade artiklar. Jens sammanfattade dagens framgångar och betonade att det var jag som snubblat över lösningen. Han framställde det inte som att mitt skarpsinne lett fram till resultatet utan betonade själva snubblandet. Madeleine pressade ut ett leende som kunde tolkas som överseende, roat eller beundrande. Jag valde det sista. Men det var inte för att lyssna på vårt självberöm hon hade kommit. Hon var orolig för sin pappa som fortfarande inte hörts av. Han satt inte i parken som han alltid brukade göra vid middagstid då hans kompisar dök upp för att kolla läget. Men ingen av dem hade varit där. Därefter hade hon gått till polisen och talat med en kommissarie Robertson. Han hade varit vänlig nog att lova undersöka saken. När Madeleine nämnde att Lennart hade femtiotusen att hämta hos advokaten vaknade han till liv på allvar. Ett parkbänksfyllo med femtiotusen på fickan borde fungera som en magnet på hela innerstans brigad av törstiga svampar. Ja, han uttryckte sig nog inte så men det var min tolkning.

"Men Lennart vet inte att han är rik."

"Jag påpekade det för kommissarien men han sade att det brukar räcka med att andra vet. Jag hade nämnt att familjen Pierre Dumont visste att man letade efter pappa. Men han såg inget hot från deras sida. Och när pappa väl har pengarna står det honom fritt att göra vad han vill med dem."

Det var ju riktigt. Ändå kunde jag inte bli av med känslan av att något otäckt hade hänt Lennart. Men fortfarande fanns inget motiv. Om en alkoholist som Lennart dräller omkring med en massa kontanter kommer ju rånmotivet in i bilden. Men det var också långsökt. Varför skulle han ta ut alla pengarna på en gång. Jag lovade Madeleine att ta en pratstund med Lennarts lilla gäng. Tydligen höll de alltid till kring samma bänk. Men jag hade ingen föreställning om vad som skulle komma ut av det. Jenny återvände med pizzorna. Till min förvåning hade hon fyra kartonger. Hon berättade att hon sett Madeleine anlända och parkera sin cykel när hon var inne på pizzan. Jag väntade att hon skulle kräva mig på hundra till för den extra pizzan men det gjorde hon inte. Hon hade säkert tänkt ut något raffinerat sätt att pungslå mig på den hundralappen också. En stund senare såg deckarkontoret ut som en pizzeria under rusningstid. Alla bordsytor belamrades av pizzakartonger och vinglas. Jenny skyfflade min laptop åt sidan för att breda ut sina tillbehör över skrivbordet och lyckades spilla tomatsås på tangentbordet. Stämningen steg i takt med att nivån i vinflaskorna sjönk. Det var bara jag som nöjde mig med vatten till maten. Inte nog med att deckarverksamheten höll på att ruinera mig, jag fick hålla personal och klienter med mat och dryck också. Jag suckade när lunchkonversationen sjönk till den tarvliga nivån. Dagens outtömliga tema rörde snubblande snubbar och snackande snobbar i konstnärsateljeer. Fast den snackande snobben framställdes inte som ett dåligt skämt. Men jag hade i alla fall två bokstäver i mitt lilla pussel. A och R. Nästa idiotiska gåta löd Volare. Vadå Volare? Det finns en gammal låt som heter Volare. Hur var det den gick? Texten alltså. Måste komma på det. Gåtans lösning måste finnas i texten. Någonting med svävar, tror jag. Högt i det blå. Det känns som om jag också svävar högt i det blå. Fast inne i ett tjockt moln utan sikt åt något håll. Jag säger inget om sväva så länge lustigkurrarna är på det vitsiga humöret. Sväva på målet och svävande iakttagelser kan jag höra. Ballonger brukar sväva en stund innan de spricker. Nej, inte just nu. Jag går och pratar med Lennarts grabbar i morgon eftermiddag. Då kan jag passa på att ta en kopp kaffe i lugn och ro på någon mysig uteservering. Någonstans där luften inte förorenas av unkna lustigheter.

Jag försöker komma ihåg hur livet gestaltade sig innan mobiltelefonerna fanns. När folk tittade varandra i ögonen när de pratade. När man läste undermeningar i minspel och gester. När man skrattade tillsammans istället för att lyssna på någon som skrattar åt något hon eller han hör i en telefon. Å andra sidan har mobilerna blivit ett samtalsämne i sig. När man inte pratar i mobilen pratar man om den. Och finns det någon som använder alla finesserna? Jo, jag har en själv. Måste man ha som företagare, men jag använder den bara för att ringa vanliga samtal. Kort och koncist. Kamerafunktionen har jag börjat intressera mig för sedan jag startade deckaragenturen och efter att ha sett Jennys filmade samtal med Donald.

Att jag kommer in på det här ämnet beror på att jag tidigare idag satt på en uteservering på Avenyn och drack kaffe och iakttog tre tjejer i övre tonåren vid bordet bredvid. En av dem pratade i sin mobil och de två andra pillade med sina apparater. Antagligen skickade de SMS eller ringde upp någon. Plötsligt hördes en glad melodi i en av de tysta mobilerna. Hittills tysta får jag väl tillägga. Nu var det två som pratade högt och ganska animerat. Men inte med varandra fast det var fyrtio centimeter mellan de pladdrande munnarna. Den tredje knappade febrilt på sin gredelina maskin. Hennes fasa tycktes vara att bli utpekad som den som ingen vill prata med. Hon pressade den hårt mot örat. Någon svarade och hon såg glad och lättad ut. *Hej va gör du, nej ja sitter med Lena å Camilla på Paleys.* Jag tog en klunk av mitt kaffe och tittade åt ett annat håll. Lyckan var fullkomlig. Alla tre tittade på ingenting och pratade med sina osynliga kompisar. En vacker kvinna i medelåldern och en mindre vacker man i tjugofemårsåldern slog sig ner vid bordet på andra sidan mitt eget. Borden står tätt på Avenyns uteserveringar. Jag kastade en förströdd blick på dem och höll på att sätta kaffet i fel strupe när jag kände igen Donald. Min första tanke var att resa mig och smyga iväg när jag kom att tänka på att han inte har sett mig. Det är jag som har sett honom. Genom Jennys mobil. Han tittade inte åt mitt håll. Min deckarfilosofi *mannen som inte syns* verkade fungera utmärkt i skuggan under ett parasoll. Han reste sig efter en kort palaver om beställning och gick för att hämta kaffe och wienerbröd. För att inte verka konstig eller uråldrig halade jag också fram min mobil och låtsas läsa SMS samtidigt som jag sneglade på kvinnan. Jag förstod att det var Anna-Lisa Pierre Dumont. Hon tog just av sig sina solglasögon så att jag kunde se hennes ögon. Hon såg påfallande bra ut för sin ålder som jag uppskattade till runt femtio. Jag fick en annan idé – stulen från Jenny – och startade kameran i mobilen. Då uppstod ett problem, jag var tvungen att hålla mobilen i en hand medan jag manövrerade den. Problemet var att jag måste göra det utan att de två aktörerna såg vad jag höll på med. För att ge ett naturligt avslappnat intryck ville jag samtidigt smaska på min bakelse. Detta krävde två händer, en som höll i assietten och en som höll gaffeln. Och en som höll mobilen. Donald återvände med en bricka med två koppar kaffe och ett fat med wienerbröd och småkakor. Han lastade av alltihop på deras bord och tittade sig om efter en fri yta att ställa brickan på, upptäckte en sådan yta på mitt bord och tittade frågande på mig. Jag tänkte göra en inbjudande gest men alla mina händer var upptagna så jag fick nöja mig med en nick och ett vänligt leende. Hela tiden filmade jag och såg att även Anna-Lisa tackade mig med ett leende. Hon hade vackra vita tänder och tunna röda läppar. Jag låtsades betrakta folklivet på den breda trottoaren strax bredvid samtidigt som jag filmade. Eller hoppades att jag filmade. Jag hade bara testat funktionen en gång, laddat över på datorn och tittat och lyssnat. Det som störde mig var att ljudet var högt men jag vet inte hur man justerar det. Bättre högt än lågt tänkte jag just som de två började en lågmäld men animerad diskussion. Jag uppfattade bara fragment eftersom jag hade trafikbruset i andra örat. Hoppas att mobilen inte tar upp det biljudet på samma sätt som mina öron tänkte jag när den närmaste av de telefonpratande tjejerna skrattade högt. Det hade aldrig slagit mig förut hur många ljud det finns i en stad. En man ropade till en annan man på trottoaren, en bil tutade, servitrisen kom förbi och skramlade med porslin, längre bort skällde en hund, en spårvagn gnisslade genom en kurva. Jag försökte hålla mobilen så nära familjen Pierre Dumont som möjligt och fruktade att det skulle bli totalt fiasko av hela föreställningen. Jag var så koncentrerad på mina förehavanden att jag inte samtidigt kunde lyssna på samtalet. Jag noterade dock att de också stördes av bruset och höjde sina röster. Båda artikulerade väl. Jag hann också undra hur länge batteriet orkade. Det var nyladdat och telefonen är också ny, senaste modellen. Hoppas minnet räcker. Hur mycket minne har en mobilkamera? Tio gigabyte? Tjugo? Fem? Det är märkligt hur många tankar som hinner dansa genom huvudet när man är upptagen av att inte synas eller höras. Jag såg i ögonvrån att Anna-Lisa plötsligt tittade misstänksamt på mig och min mobil. Jag tog en slurk kaffe för att se oberörd ut.

Jag misstänkte att hon tittade på min bakelse och kanske undrade varför jag inte lade ifrån mig mobilen och åt upp den. Jag ville inget hellre eftersom det var min favorit, prinsessbakelse med grön marsipan. Minuterna tickade iväg och jag kände mig dummare och dummare. Det var svårt att hålla mobilen så stilla som jag önskade. Jag inbillade mig att det hela tiden surrade lätt i handen som höll telefonen och att det plötsligt slutade. Batteriet slut, tänkte jag och var inte jätteledsen för det eftersom jag hörde att samtalet vid bordet bredvid inte var lika animerat längre och såg att paret ägnade sig åt bakverken under tystnad. Jag stoppade ner mobilen och kastade mig över min egen bakelse.

En stund senare traskade jag mot parken vid Stora Teatern där jag skulle träffa Jens. Han hade haft undervisning fram till nu. Förstår inte varför han måste vara med överallt. En ovana han alltid har haft. Hans föräldrar klagade också över det när jag träffade dem i Köpenhamn. Själv förstår han inte vad vi menar. Han tror att ingenting fungerar om inte han håller ett vakande öga på allting. Den sanne magistern.

Det var strålande väder, skolavslutningen närmade sig och det var fullt av ungdomar på gator, torg och i parkerna där de satt eller låg utsträckta på gräsmattorna. En parkarbetare som satt på en liten gräsklippare hade stannat framför en ung kvinna som låg och solade på en filt i Bältesspännarparken. Hon märkte ingenting fast motorn var igång en meter från hennes huvud. Parkarbetaren lutade trött huvudet mot en hand medan han väntade på att hon skulle vakna och reagera. Intill satt ett annat gäng flickor och fnittrade åt scenen. Jag saktade ner och tittade men innan något hänt kände jag en tung hand på min axel. Jens log glatt men smilet dog ut

106

när han också upptäckte vad som pågick på gräsmattan. Det hade inte varit likt honom att inte ingripa. I synnerhet som kvinnan var ung och vacker. Han sprang dit, väckte henne och gjorde henne uppmärksam på gräsklipparen. Hon for upp som om hon fått en elektrisk stöt i rumpan. Jag såg att hon rodnade. Hon ryckte till sig sin filt och väska och skyndade därifrån. Gräsklipparmannen såg ut som om han inte haft något emot att vila blicken på henne en stund till. Han puttrade vidare med ett outgrundligt leende på läpparna. Jens återvände och hade det där uttrycket av plikttrogen medborgare som alltid gav mig dåligt samvete. Den outtalade anklagelsen var *'varför stod du bara där och glodde när du kunde gjort en insats'*. Jag tyckte inte det var rätt ögonblick att inviga honom i min obemärkta filosofi. Det vill säga min filosofi om obemärkthet. Vi skyndade över gatan mot Stora Teatern innan det slog om till röd gubbe.

Jag sammanfattade min insats på caféet när vi närmade oss bänken där jag stött på Lennart. Jens sade att han ville se och höra resultatet innan han uttalade sig. Jag kände igen den gamla vanliga missunnsamheten. Fast han skulle kalla det misstänksamhet. Grundad på erfarenhet. Det är sådant som hindrar honom från att uttala de enkla orden 'snyggt jobbat, chefen'. Men som jag påpekat tidigare så står jag över småaktigheter. Och när jag tänker efter så uppfanns Jantelagen i Danmark. Visserligen av en norrman men han befann sig i Danmark. Tro inte att du är nåt. Var det Hamsun eller Sandemose? Jag har en egen Jantelag. Tro inte att du finns. Men den håller jag för mig själv. Jens gav mig en medlidsam blick som om han läst mina tankar.

"Vet du vad som gör dig till en briljant deckare, Freddy. Det är din förmåga att lägga dina framgångar åt sidan och jobba vidare med nästa uppgift. Ditt geniala snubblande över ett bildäck har inte på något sätt hindrat ditt intellekt – eller vad man skall kalla det – att oförtrutet kämpa vidare med bokstavsgåtorna. Hur löd nästa gåta?"

Här trodde han naturligtvis att han satte mig på det hala. Men jag kom inte bara ihåg den. Volare. Han såg faktiskt motvilligt beundrande ut när min spruckna baryton väste fram 'högt i det blå'. I samma ögonblick kom vi fram till bänken. En ensam man i sjaskig men för övrigt hel kostym tittade rakt fram med tom blick. Kostymen gjorde att jag tvekade. Tänk om det inte var en av sluskarna utan bara en promenerande man som satt sig för att vila en stund. Min öppningsreplik *tjena har du sett till Lennart nyligen* fastnade på tungan. Och idén att vifta med en femtiolapp som lockbete kunde uppfattas som fräckhet om det var en arbetslös kamrer eller nyligen avskedad hovmästare som presiderade på Lennarts bänk. Han såg ut som om han hade eller nyligen hade haft haft ett jobb. Han var inte ens orakad. Jens löste problemet. Hans tankar hade hamnat på ungefär samma spår förstod jag när han tilltalade mig efter en blick på sin klocka.

"Jag undrar var Lennart är. Madeleine sade att han skulle vara här idag."

Kamreren lyfte ett par trötta ögon och placerade dem på Jens vänliga ansikte.

"Lennart är väck. Han har inte varit här på flera dagar." Hans röst sjönk till en hes viskning. "Han är skyldig mig en knatting." Han gjorde en paus och flyttade blicken till mig. Jag tyckte inte om den igenkännande glimten när han granskade min kavaj. "Det kom en jävla spoling och påstod att Lennart ärvt en massa pengar och drog iväg med honom. Sedan har jag inte sett till honom." Han drog fram en liten flaska ur innerfickan och tog en rejäl klunk. Medan vätskan sipprade ner i ventrikelsystemet och gjorde sin verkan slöt han ögonen för att njuta. Röstläget övergick till muttrande. "En knatting åt helvete." Död och tortyr och försvinnanden tycktes vara milda öden jämfört med förlusten av en knatting. Han tog en klunk till innan han skruvade på hatten och stoppade tillbaka flaskan. "En ful jävla spoling som påstod att han var släkt med Lennart och att han ville hjälpa honom." Han suckade djupt. "Men Lennarts dotter är inte ful. Jävla grann tös." Hans händer försökte beskriva Madeleine men vodkan spelade honom ett spratt och resultatet blev en silltunna.

Vi gissade att det var Donald som varit på besök. Två män närmade sig på grusgången och vi makade på oss för att släppa förbi dem. Men de ville inte förbi utan stannade strax bakom oss. Jag får erkänna att det kändes lite obehagligt. Jag vågade inte vända mig om och titta på dem förrän Jens gjorde det. Den ene var en kraftig person med örnblick och en filthatt nerdragen i pannan. Han såg ut precis som jag önskade att jag sett ut när jag planerade min deckarverksamhet. Den andre var kortare och såg ut som en rödfnasig vessla i ansiktet. Också en sinnebild av privatdeckare, fast mer av den engelska sorten som förr i tiden ägnade sig åt att överraska otrogna makar. Den stores blick vandrade runt och registrerade alla utseenden. När det var gjort stannade den på mitt ansikte. Hans röst hade en sträv biton som om han inte tålde att bli motsagd.

"Vad gör ni här?"

Hade han inte varit så stor och sett så auktoritär ut och låtit så barsk hade vi frågat vad han hade med den saken att göra och upplyst honom om att vi var skattebetalare som befann oss på allmän plats. Men något i hans uppträdande gjorde att vi höll tillbaka den information. Jag gjorde en gest mot Jens för att han skulle ta över som han brukade. Han tittade inte ens på mig och hade inga planer på att ta över. Jag harklade mig.

”Vi letar efter en person som brukar finnas här. Lennart Persson heter han. Hans dotter är orolig för honom och vi har lovat hjälpa henne att leta efter honom.”

”Vem är du?”

”Freddy Larsson. Privatdetektiv.”

Jag skulle inte ha sagt privatdetektiv. Den blick han gav mig kändes ända ner i knäna. Men istället för att be oss försvinna sträckte han fram en hand.

”Robertson. Mordroteln.”

Jag hade föredragit att han bett oss dunsta. Jag kom ihåg att Madeleine hade nämnt Robertson i samband med att hon förhört sig om Lennart. Jag hade aldrig tidigare träffat någon som jobbar på mordroteln och fick en olustig känsla. Som om jag var misstänkt för mord tills motsatsen bevisats. Vad gjorde mordroteln här och hur tilltalar man mordroteln? *'Nej, men så trevligt. Får jag presentera Jens Laurits Jensen. Lärare. Matematik och fysik.'* Så säger man inte till en kriminalkommissarie på mordroteln som man råkar träffa på en grusgång bakom en teater. Men jag kunde inte komma på något annat så en stund senare hörde jag mig själv säga just det. Jag undrade samtidigt om jag var riktigt klok och såg på Jens att han var övertygad om att jag inte var det. Han sträckte fram handen mot den store mannen.

”Ni får ursäkta min stammande vän. Saken är den att Madeleine Persson berättade att hennes far ärvt en summa av sin nyligen bortgångne bror – femtiotusen kronor – och att hon gärna vill framföra den glada nyheten och se till att han får sina pengar. Därför vår inblandning."

Robertson var tyst en lång stund medan han lät sin misstänksamma blick vandra mellan Jens och mig. Hans tystnad gjorde mig nervös. Jens berättade senare att han trodde att beteendet ingick i kommissarieutbildningen och att avsikten var att göra folk nervösa så att de börjar babbla och avslöja vem den riktige mördaren var. Skulle inte förvåna mig om det är sant. Robertson avslutade pausen och tittade för första gången på kamraten på bänken. Om jag någonsin sett någon bli nervös av en blick så var det den mannen. Händerna skakade. Jag gissade att anledningen var densamma som min, närvaron av mordroteln. Utan att flytta sin blick började kommissarien prata rakt ut i luften.

"Lennart är död. Han hittades i Änggårdsbergen i morse av en joggare. Kroppen befinner sig just nu hos rättsläkaren för obduktion." Han gjorde en ny paus för att studera effekten av sina ord. Kamreren spärrade upp sina ögon som om han tog in informationen med de organen och inte med öronen medan Robertson fortsatte som om han dikterade för en sekreterare. Man väntade nästan att han skulle säga *'punkt, nytt stycke, stor bokstav'* på lämpliga ställen.

"Emellertid hann Persson hämta sin check hos advokaten och gå till banken med den. Vi har talat med bankpersonalen. Han hade sällskap av en ung man som försökte övertala honom att lösa in checken i kontanter men han vägrade och pengarna sattes in på hans konto. Det förvånade tydligen den unge mannen att en man i Perssons ställning hade ett bankkonto." Pausen som följde vibrerade av förväntningar. Robertson hade med all sannolikhet gjort stor lycka på teaterscenen om han valt den banan. Hans blick landade på Jens när han fortsatte. "Under förmiddagen idag försökte någon ta ut pengar med Perssons bankkort. Det misslyckades. Bankomaten behöll kortet när tre felaktiga koder slagits in. Det betyder att vi har fingeravtryck och DNA på den som gjorde det klumpiga försöket. Om han inte hade handskar. Det stod en PIN-kod på kortet. Skrivet med spritpenna. Men det var fel kod."

Jens nickade fundersamt.

"Betyder det att Lennart blev rånmördad? Att den person som var med på banken följde efter honom och slog ihjäl honom och tog hans plånbok?"

"Han tog inte plånboken, bara bankkortet. Och det fanns inga tecken på yttre våld."

"Vad tror man om dödsorsaken?"

"Det får obduktionen utvisa. Det låg en flaska vodka bredvid den döde. Några centiliter fanns kvar. Den är skickad till analys."

Jag undrade om man misstänkte förgiftning. Jag undvek att titta på mannen på bänken när jag ställde min fråga.

"Hur bevisar man brott om en gammal alkoholist dör av alkoholförgiftning?"

Robertson tittade på mig lite vänligare den här gången. Jag gissade att jag sagt något intelligentare än sist.

"Om analysen visar att det inte varit något annat än vodka i flaskan kan vi lägga ner mordteorin. Går inte att bevisa. Men stölden av bankkortet är bevisad och det är den gärningsmannen vi vill ha tag i. Om vi misstänker mordmotiv har vi effektiva förhörsmetoder."

Jag rös. Om jag hade något att dölja så hoppades jag att jag inte blev förhörd av den här mannen. Samtidigt funderade jag på det han sagt om mordmotiv och förlängde tankegången till min inspelade mobilfilm. Där kunde finnas något som pekade i rätt riktning. Donald

112

kunde ha undsluppit sig något som avslöjade hans inblandning. Jag tänkte på det mannen på bänken sagt om en ful jävla spoling. Jag hade tagit för givet att han pratade om Donald. Men han kanske hade använt ordet ful som man säger ful fisk om vem som helst man tycker illa om. Jag kände att jag behövde bearbeta mina teorier i lugn och ro. Deckarkontoret var inte rätt plats. Det hade blivit en samlingsplats för sysslolösa och törstiga vänner. Den mindre polismannen harklade sig försiktigt. Det slog mig att han kunde vara kollega till mig i branschen 'obemärkta individer'. Jag hade inte ägnat honom en blick eller en tanke under hela samtalet med Robertson.

"Vi undrar om ni vill vara vänliga och be Madeleine Persson kontakta oss. Hon är inte hemma och svarar inte på sin mobil. Hon måste underrättas om sin fars död."

Jens passade på att samla lite poäng.

"Jag kan underrätta henne om det inte möter några hinder. Jag känner henne väl och vet att hon har förtroende för mig. Hon brukar titta in hos Freddy för rapport och information efter hon slutat sitt arbete för dagen."

"Mycket vänligt men vi vill nog framföra budskapet själva. Vi behöver ställa några frågor. Om det går att träffa henne hos Larsson så skulle det underlätta betydligt."

Jag tänkte genast på min skylt. Samtidigt insåg jag att det skulle se illa ut om jag försökte hindra polisens arbete nu när de upptäckt min existens. Jag tänkte med fasa på att de skulle gå in på min hemsida och begrunda det som stod där. Skaplige Freddy. Och deckarlicens som lilla giftödlan Jenny fantiserat om. Tänk om man måste ha en sådan. Just som jag funderade febrilt på hur jag skulle fördröja besöket tittade Jens på klockan, förklarade var jag bodde och sade att Madeleine kunde komma förbi när som helst. Poliserna nickade belåtet. Jag skyndade mig att erbjuda mig att gå före och sätta på kaffet när Robertson nickade mot parkeringen bredvid teaterbyggnaden. Jag suckade. Innan vi traskade iväg gav jag kamreren på bänken en hundralapp och sade att det var betalning för knattingen Lennart var skyldig honom. Jag vet inte om hundra kronor räcker till en knatting men han hade kanske några kronor att bidra med själv. För första gången såg jag honom le. Ett leende som avslöjade att han varken var kamrer eller hovmästare. Sådana tänder får man bara efter många år på parkbänken. Tydligen får man sådana kostymer på stadsmissionen. Donerade av kamrerer eller hovmästare.

Till min lättnad var det inte en patrullbil vi skulle åka i utan en diskret svart Volvo. Att anlända till min port i en blåvit bil med blinkljus på taket skulle inte förstärka bilden av mig som den obemärkte deckaren. När Bronsberg, som den kortare polismannen hette, parkerade utanför porten där jag bor såg vi en cykel fastkedjad vid en lyktstolpe. Men det var inte Madeleines utan min. Eller Jennys. Hon satt mycket riktigt vid min laptop och surfade på internet när vi klev in på deckarkontoret. Hon såg inte ens förvånad ut när poliserna tittade på henne med barsk min. Robertson hade träffat Madeleine så han visste att detta var en annan person. Jenny log det där charmiga leendet som jag bara får se när hon ler mot andra än mig. Hela rummet tycktes lysa upp. Robertson tittade frågande på mig och jag presenterade henne som min syster. Jag hade först tänkt säga Jenny Penny den notoriska cykeltjuven men höll motvilligt tillbaka den upplysningen. Innan Robertson hunnit framföra den tragiska nyheten ringde det på dörren. Jens stod närmast hallen och skyndade sig ut för att öppna. Alla i rummet rättade till sina anletsdrag när Madeleine kom in och ställde sig framför soffan som var den enda lediga ytan. Hennes korta nick mot Robertson antydde att hon anade vad som skulle komma. Hennes uttryck ändrades inte när Bronsberg redogjorde i korthet för dagens makabra fynd. Polismännen framförde sina kondoleanser, ställde några rutinfrågor, tackade nej till en kopp kaffe och sade adjö. Jag följde dem ut i hallen och noterade att de vände sig om och tittade på min skylt när de kommit ut i trapphuset. Robertson tycktes kämpa för att avhålla sig från kommentarer. Jag såg att det ryckte i Bronsbergs mungipa men han sade inte heller något. När jag återvände till kontoret satt Jenny bredvid Madeleine i soffan och höll om den snyftande flickan. Jens tittade på med deltagande min. Jag kunde inte tänka ut något att säga eller göra så jag följde hans exempel. När snyftningarna avtog för att en stund senare dö ut framförde vi våra kondoleanser och jag slog mig ner vid datorn för att ladda över filmen. Jag lyssnade med ett halvt öra till den lågmälda konversationen kring soffan och konstaterade att Madeleine tog beskedet med fattning. Trots allt bättre att veta att Lennart är död än att inte veta alls blev den lakoniska slutsatsen. Vi beslöt att vänta med spekulationer tills vi fått resultatet av obduktionen.

Jag blev inte förvånad när Jenny berättade att hon hade ett ärende. Först nu såg jag att det stod en termos och fyra kaffekoppar på soffbordet. Några småkakor låg på ett fat. Tydligen hade hon tillbringat flera timmar i min lägenhet. Hon hade en plan. De flesta människor berättar om sina planer innan de sätter dem i verket. Jenny berättade också om sin plan som om hon tänkte sätta den i verket. När hon gjort det berättade hon att den var genomförd och att den hade lyckats perfekt. Hon berättade allt detta medan vi drack kaffe och tuggade i oss kakorna. Det visade sig dessutom att planen inte var en plan utan bara en tanke som slagit henne. Nämligen att vi helt negligerat Mona, systern som var helt urblåst enligt beskrivningarna. Jenny började med upplysningen att bara män är totalt urblåsta och att en kvinna alltid har en intellektuell reserv. Tanken bakom det resonemanget var att det var säkrast att ta reda på vad Mona hade för sig och om hon hade kopplat på sin intellektuella reserv. Jag trodde först att det handlade om att Mona hade något med Lennarts död att göra men som alltid när Jenny håller i rorkulten är pengar i fokus. Närmare bestämt tre miljoner. Teorin var att Mona kunde anlita någon – t.ex. en konstexpert för att lösa bokstavsgåtorna. För att ta reda på om så var fallet hade hon helt sonika ringt Mona. Jag trodde inte jag hörde rätt.

”Frågade du om hon hade anlitat en konstexpert?”

”Ja.” Leende paus. ”Det hade hon inte.”

”Förstår du att du gav henne en strålande idé?” Jag tyckte inte alls om hennes leende. ”Tänk om hon skyndar sig att anlita en sådan person och att han löser gåtorna åt henne på nolltid.”

”Hon.”

Jag skakade på huvudet. Jenny log som om hon betraktade ett litet barn som försöker pressa ner en fyrkantig pusselbit i ett runt hål.

”*Hon* löser gåtorna åt henne på nolltid.”

Jag tittade på Jens och Madeleine. De såg lika oförstående ut. Jenny gjorde en gest som alla tolkade som att hon hade överseende med vår tröghet.

”Mona har anlitat en konstexpert.”

116

Hon stötte en triumferande finger mot en punkt strax under hakan. Nu såg jag att slanten ramlade ner i alla huvuden. Utom mitt. Jo, den ramlade ner där också men mina tankar tog andra banor. Ett skräckscenario där Jenny mot betalning avslöjade våra lösningar dunkade i huvudet. Jag såg också tre miljoner flaxa iväg i en stor portfölj med vingar som en Pegasus. Jens bad henne förklara. Det gjorde hon gärna.

"Jag har redan gett henne den första bokstaven. Som lockbete."

Nu var det min tur att stöta ett finger. Mot pannan.

"Är du fullkomligt bombad? Hur förklarade du att du överhuvudtaget kände till att det finns bokstavsgåtor?"

Jag sade att jag kände Martin. Och mitt namn är Pernilla. Jag sade också att det är viktigt att hon inte andas ett ord om detta till de övriga i familjen. Hon förstod och sade att det inte fanns något hon önskade högre än att platta till dem. De äckliga girigbukarna som hon kallade dem."

"Hur tänker du gå tillväga?"

"Jag sade att det är viktigt att hon inte kontaktar mig. Min telefon kan vara avlyssnad. Jag kontaktar henne."

"Din telefon är avlyssnad? Vilken billig spionfilm har du sett den här gången?"

Jag sökte medhåll med blickar och åtbörder. Jens ryckte på axlarna. Jag tycker att hans sympatier mer och mer hamnar hos Jenny. Argumentet att hon eliminerat en medtävlare om miljonerna tycker jag är svagt. Anna-Lisa, Donald och Martin kan få samma idé, anlita en expert. Skall de elimineras på samma sätt? Konstigt att inte vi fått den idén, tänkte jag när Jenny svarade på just den funderingen.

"Jag tyckte förresten att idén var så bra att jag prövade den själv."

”Prövade vad?”

”Jag anlitade en expert.”

”Är du från vettet? Vem skall betala honom?”

”Kostar inget, Freddy. Om man är smart.”

Men du kostar, tänkte jag. Vad har du hittat på nu? Jag behövde inte ställa den frågan heller. Hon berättade villigt hur hon hade kopplat på charmen för att nästla sig in hos intendent så och så på konstmuseet, bjudit honom på kaffe i museets kafeteria och sjungit för honom. Jag tittade mig omkring för att se om de andra såg ut som jag kände mig. Som idioter. Inte kloka idioter utan svagsinta idioter i behov av omedelbar hjälp. Jag fattade ingenting.

”Sjungit? Du passade inte på att dansa också? Kanske strippa för att få honom på rätt humör?”

”Jag funderade på det men det behövdes inte. Det räckte med sången, i synnerhet högt i det blå.”

Nu började jag ana vad som var på gång. Hennes röst hade nått det triumferande läget. Det som brukar följas av gesten med den gnidande tummen. Det värsta var att jag började få ont om kontanter. Jag skulle köra ut en skeppslast som jag kallar det senare under veckan men betalningen skulle dröja en månad. Alla betalar inte kontant. Och jag var inte förtjust i att ta av firmans kapital för att bedriva deckarverksamhet. En tanke var att skicka en delräkning till Madeleine – hon skulle snart vara i besittning av Lennarts femtiotusen – men hur skulle jag specificera på fakturan. Letat efter Lennart? Löst två gåtor? Hon visste att det var Jenny som löst den ena gåtan på egen hand och att hon hade en tredjedel i den andra. Om hon lyckats klämma fram svaret på den tredje så var vi mer än halvvägs. Jag hade varit inne på ’högt i det blå’ men det hade stannat där. Jag tog fram plånboken och tittade i sedelfacket. Några fem-

118

hundringar och några hundringar trängdes tillsammans med fyra femtiolappar. Alltid något. Men Jenny vägrar att vidröra så simpla objekt som femtiolappar. Mitt i alltihop började Jens skrocka på det där genomskådande sättet. Ett skrockande som övergick i någonting som lät som en hejaramsa. A!A!A! R! R! R! Jag tyckte det lät enahanda så för att få slut på det lade jag en hundralapp framför Jenny. Till min fasa släppte hon ut det skärande skrattet. Det slutade inte förrän det låg sjuhundra kronor på bordet. Hon samlade ihop sedlarna och stoppade ner dem i sin plånbok.

”Jag bara skojade. Han hade ingen aning.”

Jag känner henne så väl att jag inte behövde ta struptag om den smala ormliknande halsen. Åtminstone tyckte jag den såg ormlik ut just då. Men repliken var bara ett utslag av hennes bisarra uppfattning om humor. När hon fnittrat färdigt, påhejad av Jens och lite i bakgrunden av Madeleine, gav hon mig det medlidsamma leendet.

”Den här hade vi aldrig löst, inte om vi hållit på i hundra år. Och ingen i familjen Pierre Dumont kommer i närheten av att lösa den utan liknande hjälp. Intendenten berättade att det finns en tavla, en ganska känd som heter I DET BLÅ. Det vill säga ’känd’ om man är professor i konsthistoria. Konstnären heter Kandinsky, Wassilij eller något sådant i förnamn.” Här gav hon mig en blick. ”Vilken initial skall vi välja, boss? Du var inne på Andy Warhol när vi pratade om geten. Om vi tar W för Warhol och W för Wassilij, och K för Kröyer har vi KWW. Vill du vara vänlig och uttala det? Ser ut som någonting som brukar stå på elräkningen.”

Snyggt jobbat igen! Förbaskade tjej! Kandinsky hade jag aldrig hört talas om men han gav oss en bokstav. ARK började likna något som gick att uttala. Plötsligt fick Jens en idé och knäppte till med fingrarna. Den sista gåtan 'öronmärkt' måste vara Vincent Van Gogh. Jag nickade uppskattande. Den hade till och med jag kunnat lösa om jag inte varit så systematisk att jag bestämt mig för att ta gåtorna i tur och ordning. Det var nästan dags för Heureka! Till min förvåning såg Jenny lite besviken ut när Jens presenterade sin lösning. Senare förstod jag att anledningen var att hon hade löst både fyran och femman och att hon hade tänkt mjölka mig på några tusen till. A.R.K. ? V. Det kunde bara ge ordet ARKIV. Hemofili som den fjärde frågan löd betydde blödarsjuka, något som Göteborgskonstnären Ivar Arosenius lidit av. Förnamnets initial gav det slutliga ordet. Detta senare berättade Jenny med citronsur stämma. Tydligen såg hon hundralappar flaxa iväg precis som jag sett portföljen med tre miljoner flaxa alldeles nyss. Rätt åt dig, tänkte jag belåtet.

Vi lutade oss tillbaka och log självbelåtet och stolt mot varandra. Jens var på sitt generösa humör och gick till mitt barskåp och hämtade det enda objektet som fanns där – en flaska whisky. Jenny hämtade lika beredvilligt fyra whiskyglas. Jag suckade och gick till köket för att bidra med isbitar. När vi skålat och ställt glasen på bordet var det Madeleines tur att yttra sig. Jag hade inte väntat mig ett tacktal men några positiva fraser hade varit på sin plats. Hon sade bara två ord. Men två ord som satte ner humöret som en våt filt över axlarna. "Och nu?"

Jag vet inte om det är ett ovanligt drag men jag har väldigt svårt att ta emot negativa besked när jag just har blivit glad. Min intellektuella förlamning övergår genast i akut hjärninfarkt. Dessutom var jag tvungen att medge att frågan var berättigad. Arkiv? Vilket arkiv? Jag erinrade mig att det stått något mer på Carls dokument.

Jag bläddrade fram den sidan i min lilla röda. 105.3V och ett plastkort med en kod som man fick fram om man löste gåtan DofI. Sade mig ingenting. Vilket arkiv? Stadsarkivet? Konstmuseets arkiv? Länsstyrelsens arkiv? Hur många arkiv finns det i en stad eller ett land? Jag kände svetten bryta fram i pannan. Varför ett sådant pusslande för att få fram ordet ARKIV när det inte ledde till något annat än nya mysterier. Jag tittade mig försiktigt omkring och såg bara oförstående ansiktsuttryck. Och plastkortet? Vad behöver man plastkort med kod till utom att ta ut pengar på bankomat? Medlemskort i någon förening. Behövs ingen kod. Jag kom ihåg att jag funderat på nyckelkort. Fanns ingen logik i det. På hotell behövs ingen kod, man drar bara magnetremsan eller trycker in kortet, men det kan finnas andra system för att skydda mot inbrott. Identifikation när man behöver tillgång till arkiv? Så vitt jag vet är alla arkiv offentliga. Och även om vi listade ut vilket arkiv det är fråga om, vad skulle vi leta efter? Plötsligt verkade bokstavsgåtorna barnsligt enkla. Jag försökte komma ihåg hur mycket lösningarna hade kostat mig men hjärnan var så förlamad att den inte kunde lägga ihop summorna. Vi stod och stampade på ruta ett. Stampade förresten? Vi stod som fastfrusna. Jag har lång och gedigen träning i att känna mig dum men så dum – eller tom – som i detta ögonblick har jag inte varit i närheten av. Till och Jenny verkade uppgiven. Jag tänkte på Jens farhåga att testamentet kunde leda till misshälligheter som kunde leda till våldsdåd som kunde leda till…ja, vad som helst. Just nu kändes det som om det inte skulle leda till någonting. Allra minst tre miljoner. Jag satte mig vid laptoppen och laddade över filmen från uteserveringen. Bara för att ha något att göra. Hela den uppgivna församlingen flockades kring bildskärmen när de hörde en röst de kände igen. Donalds. Jag blev själv förvånad att ljudet var så distinkt. De tjattrande flickorna i bakgrunden hördes men störde inte så mycket som jag fruktat. Donald och hans mor artikulerade väl. Först kunde man betrakta Anna-Lisa när hon väntade på att Donald skulle komma med kaffet. Alla såg att hon hade samma frisyr som Madeleine och lika tjockt blont hår. Det hade jag inte tänkt på när jag satt och fumlade med mobilen men när Anna-Lisa vände bakhuvudet till kunde man förväxla henne med Madeleine. Samtalet var inte särskilt spännande till att börja med. Man talade inte alls om bokstavsgåtorna utan ägnade sig åt tredje person som man kallade vederbörande. Jag gissade att det var Martin men plötsligt lutade sig Donald mot sin mor efter att ha kastat en blick åt mitt håll. Orden 'det är fixat' sände kalla kårar nerför alla ryggar förstod jag när jag lät blicken vandra mellan åskådarnas ansikten. Frågan 'var?' besvarades med ett kort 'botaniska'. Det var i det ögonblicket jag ändrade kameravinkeln efter att jag misstänkt att Anna-Lisa upptäckt vad jag höll på med. Resten av filmen visade en närbild på min bakelse med en suddig fru Pierre Dumont i bakgrunden. Strax därefter tog det slut. Till och med Jens såg tagen ut.

”Det här är dynamit för Robertson.”

Jag funderade tyst på filmens betydelse. Botaniska trädgården fortsatte till Änggårdsbergen eller tvärtom beroende på vilket håll man kom ifrån. Men konversationen var i vagaste laget för att bevisa något. Jag påpekade det för Jens. Han suckade.

”Det är inte du som skall bevisa något. Det är polisen. Och en räv som Robertson kan använda den här filmen på ett raffinerat sätt för att sätta dit Donald.” Han tystnade och tittade sig omkring. Blicken stannade på Madeleine. "Men det värsta ur vår synvinkel är att Donald visat vad han är kapabel till. Mord."

Madeleine såg upprörd och förvånad ut i lika delar.

"Men varför dödade han pappa? Det fanns inget annat motiv än pengarna och dom visste han att pappa inte hade på sig."

Jens gjorde en slapp gest.

"Jag tror att det gick till så här. Han söp Lennart redlös. Tog hans plånbok, hittade bankkortet med påskriven kod. Visste naturligtvis inte att det var fel kod. För att undvika att Lennart skulle peka ut honom senare hällde han i den redlöse mannen resten av vodkan. Det blev för mycket för det gamla hjärtat."

Jag var inte övertygad.

"Fortfarande dog Lennart av alkoholförgiftning. Brott går inte att bevisa."

"Det är där din film kommer in i bilden. Och då menar jag inte bilden på bakelsen. Var den god förresten?"

Jag trodde inte helhjärtat på idén förrän jag kom att tänka på att polisen hade fingeravtryck och DNA från bankkortet. Jag brydde mig inte om att nämna det för Jens. Han hade kanske tänkt på det själv.

"OK, jag laddar över på ett USB-minne och går till Robertson i morgon."

Jens gjorde sin invanda gest. Den som betyder att det här klarar du inte utan mig.

"Jag följer med. Och Madeleine. Hon kan fråga efter resultatet av obduktionen. Och identifiera Lennart om kroppen är tillgänglig."

Jag väntade på att Jenny skulle säga att hon också skulle följa med. Hela polishuset skulle ockuperas av deckarbyrån Larsson. Men Jenny sade ingenting. Det betydde naturligtvis inte att hon inte skulle dyka upp. Min cykel tog henne runt stan hur lätt som helst. Vi

kom överens om att träffas klockan tio vid polishuset
nästa dag.

Jag förstod att det var ovanligt att tre personer besökte Robertson samtidigt. Det fanns bara två besöksstolar. Jag försökte med gester och miner få fram budskapet att jag gjort allt för att hindra Jens och Madeleine från att följa med men det gick inte fram. Det hade behövts en mästare i pantomimkonsten för det. Istället hände det som alltid händer. Kommissarien såg inte mig utan vände sig direkt till Jens som berättade vår version och framställde det som om han var hjärnan bakom den sensationella filmen. Det var inte förrän han bad att få se filmen som jag tillfrågades och mitt enda bidrag var USB-minnet. Det stoppades in i datorn och en stund satt han tyst och tittade och lyssnade. Jag följde spänt skiftningarna i hans ansiktsuttryck. Det vill säga, jag skulle gjort det om det funnits några. Ordet stenansikte fick en ny innebörd. När filmen var slut tog han ur minnet och lämnade tillbaka det utan ett ord. Jag förklarade att han kunde behålla det men han avböjde. Troligen hade han laddat över filmen till sin dator. Han tittade allvarligt på oss alla tre innan han äntligen tog till orda.

"Donald Pierre Dumont är död."

Tystnaden som sänkte sig över rummet vibrerade av fasa och av outtalade frågor men inte ens Jens sade någonting. Alla väntade spänt på att Robertson skulle fortsätta ouppmanad men han satt bara stilla och stirrade på oss. Till slut bröt Madeleine tystnaden med nervös röst.

”Hur…?”

”Tyvärr kan jag inte gå in på detaljer av utrednings-
tekniska skäl.”

Utredningstekniska skäl. Alltså hade ett brott begåtts.
Eller man misstänkte brott. Mord. Jag svalde tungt.
Varför hade jag kommit på den imbecilla idén att starta
en deckarbyrå. Jo, jag hade tänkt tjäna pengar förstås.
Men jag hade inte tänkt att jag skulle sitta på mordroteln
och prata om ett nyss begånget mord med kriminal-
historiens kärvaste kommissarie. Och jag hade inte tjä-
nat ett öre, bara betalt Jenny den ena hundralappen efter
den andra. Jag var tvungen att säga någonting. Annars
skulle jag explodera av nyfikenhet.

”Men ni vet att Donald mördade Lennart Persson? Ni
har hans fingeravtryck på bankkortet?”

Robertson skakade sakta på huvudet. Han gav Made-
leine en blick som borde spätt på hennes nervositet med
några hundra procent.

”Vi hittade fingeravtryck och DNA på bankkortet.”
Han såg plötsligt ut som en ledsen hund. ”Men det var
inte Donalds.”

Han kunde lika gärna gett oss varsin örfil. Överrask-
ningen hade inte varit större. Vi satt med gapande mun-
nar och väntade på fortsättningen. Jag kastade fram att
Donald sagt att han tagit livet av Lennart. Robertson
skakade på huvudet igen.

”Han sade att han kände till att Persson var död och
var han hade hittats. Men det kunde han fått från någon
annan. Det har dessutom kommit till vår kännedom att
det finns ett testamente efter Carl Pierre Dumont som
är förutbestämt att skapa osämja och i värsta fall leda till
oöverlagda handlingar. Det gäller en hetsjakt efter tre
miljoner kronor. Vinnaren får allt. Ett djävulskt påfund
om ni frågar mig.”

126

Vi hade inte frågat honom. Jens tystades med en handrörelse när han öppnade munnen för att säga någonting. Kommissarien vilade sin tunga blick på Madeleine.

"Det första offret har redan krävts. Det andra om vi utgår från att din far mördats. Men hans död kan ha andra orsaker." Ny paus med tung andhämtning från vår sida och lugnt iakttagande från Robertsons. "Jag tror att innebörd och konsekvens av det testamentet är uppenbara efter detta." Han tystnade och tittade på oss som en örn som just fått syn på en naturfotograf. "Alla inblandade har motiv att undanröja de andra för att kunna arbeta sig fram till lösningen och lägga belag på pengarna i lugn och ro. Alla inblandade är presumtiva offer för den som inte drar sig för att ta till drastiska metoder." Ny vibrerande paus. "Och alla inblandade är presumtiva förövare."

Allt detta hade vi räknat ut. Jens ställde frågan vi alla hade på tungan.

"Donald blev alltså mördad? Vem mördade honom?"

"Som jag sade så har alla inblandade motiv." Han flyttade blicken tillbaka till Madeleines förskräckta ansikte. Hon såg ut som om hon hade räknat ut vad som var på väg. "Fröken Persson kommer att få lämna fingeravtryck och DNA-prov. Ni andra också eftersom ni ändå är här. Alla som känner till testamentet räknas som involverade. Man behöver inte vara arvinge för att lösa gåtorna och lägga beslag på pengarna."

Jens nickade och formulerade om den tidigare frågan.

"Hur mördades han?"

Robertson sköt fram hakan och såg ut som en granitklippa igen.

"Utredningen har just startat. Han hittades skjuten bredvid sin bror Martins säng igår kväll. Ett gevär stod

monterat på ett stativ bredvid sängen och ett snöre var
fäst i avtryckaren."

"Självmord?"

"Det är en av teorierna. Mord där mördaren vill få det
att se ut som självmord är en annan. Mordvapnet är den
dödes eget gevär. Som tävlingsskytt har han flera vapen.
Ett av de övriga saknas."

Jens lutade sig fram i sin stol. Han var riktigt upphets-
ad nu.

"Finns det något som talar för teorin fejkat själv-
mord?"

"Det finns vissa tecken men det kan jag inte gå in på
nu. Den tredje teorin är olyckshändelse."

Det sista förstod jag inte. Om någon monterar upp ett
gevär, fäster ett snöre i avtryckaren och drar i det så kan
jag inte dra någon annan slutsats än självmord. Förutsatt
att inte någon annan drog i snöret. Olyckshändelse kan
det bara vara om någon monterat upp det för att mörda
någon annan men dragit i snöret för att testa och skjutit
sig själv av misstag. Låter så korkat att jag skäms för att
jag kom att tänka på det.

"Finns det någon misstänkt?"

Nu tittade han sorgset på Madeleine igen.

"Var befann du dig vid tiotiden igår kväll?"

"Hemma och tittade på TV."

"Vilket program tittade du på?"

"En film med Tom Cruise och Nicole Kidman."

"Filmer kan man se på DVD."

"Jag vet. Men jag såg den på en filmkanal. Jag minns
inte vilken men det är lätt kollat."

Hon gjorde en paus som om hon tänkt säga något mer
men ångrat sig. Robertson noterade hennes tveksamhet.

"Obduktionen av din fars kropp är klar. Du kommer
att kallas till identifiering."

Hon blev genast ledsen igen. Hon hade nästan lika livligt minspel som Jens men hennes låg mer åt det melankoliska hållet.

"Vems fingeravtryck hittade ni på bankkortet?"

"Det kan jag inte gå in på. Förutom Lennart Perssons finns det avtryck från en person till." "Ni kommer att hitta mina. Det var jag som öppnade ett konto åt honom och det var jag som skrev koden med spritpenna."

"Koden var fel."

"Jag vet. Tredje siffran skall vara en annan. Men det visste pappa. Fyra siffror var för många att komma ihåg. Ändra en siffra klarade han."

Jag såg på Robertson att han var lika imponerad som jag. Den skrivna koden på kortet hade dessutom lurat tjuven att försöka få ut pengarna. Att chansa vilt på en fyrsiffrig kod är meningslöst om man har tre försök. Madeleines lilla påhitt hade utvecklats till något smartare än hon avsett. Robertson ringde på sin snabbtelefon. En stund senare kom en person i vit rock in och tittade frågande på honom. Robertson bad honom ta oss med för avtryck och prover. Vi sade adjö till kommissarien och följde med mannen till labbet.

När vi en stund senare stod på trottoaren och tittade fundersamt på Ullevis höga strålkastarpelare fick vi sällskap. En cykel tvärbromsade så nära bakom mig att jag hoppade åt sidan i ren förskräckelse. Vi vände oss om alla tre och betraktade Jennys leende ansikte. Jens sammanfattade samtalet med Robertson. Jenny såg inte förvånad ut. Hon berättade att hon pratat med Mona för att ge henne en bokstav till, fel bokstav naturligtvis, och fått hela historien serverad. Det var Mona som hade hittat Donald, ingen annan hade varit hemma och det var hon hade som ringt polisen. Hon trodde inte på självmord, fanns inget motiv. Jens påpekade att polisen bara letade motiv när det gällde mord. Självmordsmotiv brukade ha sin grund i depressiv läggning och svåra livssituationer. Jenny ryckte på axlarna och sade att hon bara vidarebefordrade vad Mona sagt. En detalj som Robertson inte hade nämnt var att en kudde använts som ljuddämpare. Det fick mig att fundera. Visserligen borde det vara tekniskt möjligt att hålla en kudde framför gevärsmynningen och dra i snöret med andra handen men varför bry sig om en gevärsknall när man tar skjuter sig själv. Jag framförde den synpunkten och för ovanlighetens skull var det ingen som gjorde sig lustig över mitt sätt att se på saker och ting. Jens nickade allvarligt när vi började gå mot Heden för att snedda över mot centrum. Jenny gick inte av cykeln och ledde den utan cyklade bredvid som en akrobat på cirkus, rullade några centimeter, stod stilla och balanserade, rullade en bit igen. Jag väntade nervöst på att hon skulle ramla men hon manövrerade skickligt. Efter en stund hade vi vant oss vid hennes lekfulla beteende och tankarna återgick till de dramatiska händelserna. Det som skrämde oss just nu var att hotet mot Madeleine hade ändrats radikalt. Vi tyckte vi hade kartlagt Donald och fått en bild av hans tankebanor. Tagit för givet att det var han som var hotet, påhejad av mamma. Nu var han borta men hotet hade snarare tilltagit än minskat. Jag tänkte på det Madeleine sagt om sin pappa, bättre att veta att han är död än att inte veta alls. Vi hade fastnat i det senare alternativet i vår utredning. Vi visste ingenting. Robertson hade inte nämnt Martin och vi hade inte frågat. Hur farlig var han? Vilken roll spelade Anna-Lisa? Kände någon annan till testamentet? Frågorna hopade sig i våra huvuden. Vi insåg att vi behövde fler detaljer för att dra

130

de rätta slutsatserna. Polisen skulle inte berätta mer. Enda sättet att få reda på mer var att fråga Mona. Vi stannade till när vi var mitt på Heden. En fotbollsmatch mellan två lag med småfeta herrar pågick på en plan intill. Korpen förstod vi när vi läste firmanamn på ryggarna. Plötsligt kom bollen farande mot oss. Jag gjorde mig beredd att sparka tillbaka den med en snygg bredsida för att ge gubbarna ett prov på god bollbehandling men innan den studsat färdigt sprang Madeleine fram och skickade tillbaka med en säker halvvolley. Vi uttryckte vår beundran och hon berättade att hon spelade mittfältare i ett lag i en mellandivision. Jag tyckte det var ett bra tillfälle att slå ett slag för jämställdheten och flikade in att jag inte alls hade något emot flickfotboll. Tvärtom. Kommentaren togs emot med iskall tystnad av motsatta könet och med uppgivet skakande huvud av Jens. Han tyckte nog att jag åtminstone kunde sagt tjejfotboll. Tyckte jag också när jag funderade på saken. För att släta över å manssläktets vägnar berättade Jens att han och jag spelat några år i en klubb i division fem. Han bytte till muntert tonläge när han fyllde på med en episod där jag räddat på mållinjen i en matchavgörande situation. När Madeleine tittade överseende eller frågande på mig lade han till att det var motståndarnas mållinje och att de vann inte bara matchen utan hela serien tack vare det ingripandet. Min mumlande ursäkt att jag trott att bollen skulle gå utanför och att jag försökt styra in den i mål dämpade inte munterheten. Men jag bjuder gärna på ett skratt. Människor som har så tråkigt att de roas av mina triviala misslyckanden behöver allt som kan pigga upp dem. Madeleine muntrade upp mig ytterligare med kommentaren att hon tyckte det var riktigt trevligt med gubbfotboll. Restaurang Kometen hade just öppnat för lunch när vi

passerade. Vi var så där lagom sugna och gick in och
beställde varsin dagens. Jag vet inte om det berodde på
att jag blev störthungrig av de aromatiska dofterna eller
om maten var så god men om Michelins gubbar hade
delat ut poäng för luncher tycker jag dom skulle ge en
till det här stället. Fast dom heter visst inte Michelin
längre. Men restaurangen har hetat Kometen så länge
jag kan minnas. När mina föräldrar skulle slå på stort
gick man på Kometen. Jag erinrade mig en skämtannons
i chalmeristernas tidning där man lockade med formule-
ringen 'när tog ni er fru på kometen sist'. Men jag tve-
kade att presentera den sortens lustighet efter inlägget
om flickfotbollen. Mer än en groda om dagen bjuder jag
inte på. Inte frivilligt.

Samtalet kring bordet kom förstås att röra sig kring
Donalds mord eller självmord eller olyckshändelse
eller vad det nu var. Död var han i alla fall och kusligt
var det. Hur involvera Mona och få henne att berätta?
När den diskussionen pågick tittade alla på Jenny, den
charmiga infiltratören. Eller heter det infiltratösen. Jag
vågade inte utmana ödet, eller kvinnorättsrörelsen ge-
nom att ställa den frågan. Men Jenny tog villigt på sig
uppdraget. Jag såg mina hundralappar fladdra iväg igen.
Vi preparerade henne med lämpliga frågor. Var hade
Martin befunnit sig vid tidpunkten för mordet, var hade
Anna-Lisa varit, hur reagerade dom på händelsen. Detal-
jer kring själva mordet, hur såg det ut på platsen i första
skedet, var fanns det försvunna vapnet? Hur hade för-
hållandet mellan Martin och Donald varit, vad hände nu
med testamentet och lösningen på gåtorna. Hade Do-
nald mördats på grund av testamentet eller var det andra
misshälligheter som låg bakom. Jag kände mig lätt svet-
tig när jag antecknade i min lilla röda så att pennan höll
på att göra hål i papperet. Begärde vi för mycket av

Jenny. När jag undrade om hon kände sig mogen för uppdraget gav hon mig den där värderande blicken som sade *'det här sköter jag, lägg dig inte i'*.

Och mitt i alltihop måste vi komma på vad vi skulle göra med ARKIV. Hade de andra varit lika tomma i huvudet som jag hade vi kunnat lägga ner här och nu. Historiens kortaste deckarkarriär.

När jag strosar omkring på gator och torg tittar jag ofta forskande på människor jag möter. I synnerhet på män i min egen ålder. Ibland får jag en liknande blick tillbaka och då tänker jag 'aha, en som bär på samma hemlighet'. Om dom slår ner blicken som om dom blivit avslöjade får jag misstanken bekräftad. Vi är inte många som kommit upp i medelåldern och fortfarande dignar under det oket, men vi finns. Om jag hade berättat för Jens hade han skakat på huvudet som om han inte trott mig. I hans värld finns den sorten bara i kloster och på katolska prästgårdar. Fast det senare är tveksamt. Om jag hade berättat för Jenny hade hon ryckt på axlarna och sagt att hon alltid tagit för givet att jag tillhörde den kategorin och att jag kommer att förbli medlem i den klubben så länge jag lever. Sanningen är nämligen den att jag är…oskuld. Usch, det var svårt att få ur sig det ordet. Ofrivillig oskuld skall jag kanske tillägga. De som väljer att leva i celibat är en annan sort. Heter det förresten oskuld när det gäller killar. Eller gubbar. Spelar ingen roll. Alla förstår vad jag menar. Tyvärr. Har aldrig kommit till skott med en tjej. När Jens skojar om sina erotiska bravader hänger jag på och låtsas att jag har varit med om liknande saker. Historien om det hängande ansiktet kom till på det sättet. Tack vare den vandringsmyten tror folk att jag spelar i Don Juans division. Jag önskar att det vore så. Ibland tror jag att myten är en bidragande orsak till att jag aldrig lyckas få en tjej intresserad. Tjejerna tror att jag är en burdus sälle i sängen som inte drar sig för att vara oförskämd under pågående föreställning. Inget kunde vara mer fel. Om jag hade fått ihop det med en tjej skulle jag vara ödmjuk på gränsen till vördnadsfull i en intim situation. Förolämpning otänkbar. Men jag får aldrig ihop det med någon tjej. Eller kvinna får man väl säga när man tagit klivet in i medelåldern.

Det går väl an att erkänna att man är oskuld när man är tjugo. Men fyrtiotre. Då är man inte ens ett skämt, man är en tragedi. Jag undrar om det hänger ihop med min förmåga att försvinna ur folks medvetande. Jag tror det för jag är inte fulare och dummare än många jag känner som har både fru och barn.

Men jag finner mig i mitt öde. För mig är det som om tjejerna bor på en annan planet. Jag har aldrig varit där. Ingen inbjudan. Men det är inte mycket att sörja över. Bara att acceptera som man accepterar ett fysiskt handikapp. Livet har så mycket annat att bjuda på. Spänning och skönhet och bio. Jag älskar bio. Allra mest tycker jag om romantiska filmer. Sådana som slutar med en bild av solen som sjunker i havet medan de älskande går hand i hand mot vattenbrynet och avtecknar sig som silhuetter mot speglingarna i vattnet. Då blir jag nästan gråtfärdig. En gång såg jag en sådan film tillsammans med Jens. Han blev också nästan gråtfärdig men av en annan anledning. Skulle vara straffbart att tillverka sådan smörja, muttrade han. Och ta betalt för att visa den. Han förstår inte de subtila nyanserna. Under filmfestivalen har jag fullt upp. Springer som en skållad bäver mellan biograferna. Ja, jag säger bäver för min löpstil påminner mer om bäver än råtta.

Så bio är min stora passion i livet. Om jag tycker en

film är bra kan jag titta på den hur många gånger som helst. Borta med vinden har jag sett tre gånger bara i år. På min platt-tv. Annars tycker jag bäst om att se film på bio. Men inte romantiska tårdrypare. Det blir så pinsamt när fyrtiotreåriga manliga oskulder sitter i biosalonger och hulkar med skakande axlar.

Det finns för all del annat än bio här i livet. Naturen till exempel. Att promenera i botaniska eller slottsskogen en vacker vårdag är ganska trevligt. Och mata ankorna i stora dammen. I synnerhet när dom har ungar. Små söta dunbollar som poppar upp och dyker ner i vattnet. Och så tycker jag om djur. Andra djur än ankungar menar jag, men inte levande djur som hundar med dålig andedräkt som slickar en i ansiktet eller katter som hoppar upp i knäet och sätter sylvassa klor i låret. Nej, rejäla djur som lejon och elefanter skall det vara. Och inte i verkliga livet ute på savannen eller ens på zoo. Uppstoppade och stillsamma som de på naturhistoriska museet är min uppfattning om sympatiska djur. Min favorit är den malätna gorillan som hänger i en arm och tittar med glasartad blick på ingenting. Och så tycker jag om…nej, det här håller inte. Jag lurar inte ens mig själv. Tjejer smäller högst. I synnerhet när man ingen har.

Jag drabbades av de här tankarna när mästerspionen Jenny några dagar senare spelade upp resultatet av sin intervju med Mona Pierre Dumont. Publiken bestod av den vanliga kvartetten. Madeleine stod vid kortändan av skrivbordet och Jenny satt på skrivbordsskivan och gnuggade sitt ben mot Jens knä. De skymde bildskärmen så effektivt att jag inte hade sett någonting om jag inte rest mig ur snurrfåtöljen och betraktat scenen från ståplats. Det första jag kunde konstatera var att Jennys charm fungerar lika bra på kvinnor som på män. Hade hon inte varit min syster hade det där leendet antagligen hållit mig vaken om nätterna. Men det var inte det som gjorde att jag kom att tänka på oskulder. Det var när jag såg Mona på bildskärmen. Klart och tydligt utan störande bakelser i förgrunden. Det var ingen vacker kvinna. Likheterna med Donald var påfallande. Det fanns ingenting i hennes yttre eller inre som tilltalade mig. Ändå visade hon antagligen upp sina bästa sidor för att samla poäng hos charmtrollet Jenny. Som jag sade, en attraktiv kvinna har lika stor påverkan på kvinnor som på män. Fast kanske på lite olika sätt. Kvinnor blir inte flåsiga när de får syn på en läcker medlem av det egna könet. Kanske avundsjuka eller inspirerade men inte löjliga som vissa grabbar när deras blickar landar på exemplar som Jenny.

Jennys intervjuteknik var av det raffinerade slaget. Hon började med smicker som var så sockrat att det dröp i mungiporna, fortsatte med komplimanger som om hon haft en välsminkad Michelle Pfeiffer framför sig och spädde på med jämförelser med fotomodeller och en tydligen ursnygg sångerska jag inte har hört talas om. Jag väntade nervöst på att Mona skulle spilla kokhett kaffe över henne och resa sig och gå. Ingen kan svälja sådana överdrifter. Men jag har mycket att lära om kvinnor. Ja, jag har nog allt att lära förstod jag under samtalets gång. Mona sög i sig som när ett barn äter sockervadd på Liseberg. Eller spunnet socker kanske det heter. Ni vet, en pinne med något sött och luddigt. Man äter och slickar och tycker att man inte får något i sig. När Jenny hade smort färdigt var Mona så uppmjukad att det inte behövde ställas några frågor. Jennys verbala insatser bestod i fortsättningen av *'nej, men vad säger du?'* eller *'det menar du inte'* eller ett andlöst *'berätta'* varvat med *'oj-oj-oj'* när blod blandades med mystik. Kunde inte fungerat

138

bättre. Kameran var riggad på samma sätt som när Donald hade varit intervjuoffer. Det satt folk vid andra bord men inte så tätt intill som när jag hade filmat Anna-Lisa och Donald och bakelsen. Och det här var inomhus. Jenny påpekade att man kunde se familjen Pierre Dumonts lägenhet om man lutade sig en smula åt rätt håll. Balkongen befann sig bara trettio meter från det fönsterbord där de satt. Restaurangen var inrymd i en gammal lägenhet på tredje våningen. Mycket smakfull inredning. Jag hade aldrig hört talas om den. Jenny rekommenderade ett besök. Filmen rullade vidare och Mona pladdrade på som en radioreporter på ishockeyfinal. När detaljerna blev grymma lutade hon sig mot Jenny och sänkte rösten. Det stod klart att hon inte hade mycket till övers för sina medmänniskor i allmänhet och sina familjemedlemmar i synnerhet. Ledande hatobjekt hade varit Donald men tyvärr var han borta. Det gick inte att avgöra om hon beklagade hans grymma hädangång för att hon förlorat en bror eller för att ett stimulerande hatobjekt försvunnit. Men tvåan Martin och trean Anna-Lisa tycktes duga som ersättning.

Det som hade hänt kvällen när Donald skjutits smyckades med detaljer och iakttagelser och slutsatser som hade fått Robertson att vifta med ett anställningsformulär om han varit närvarande. Om entusiasm hade varit en merit i sammanhanget hade hon troligen börjat en polisbana på chefsnivå. Men slutsatserna var inte lika smarta. Hennes eget alibi var så vattentätt ett alibi kan vara. Hon hade kommit hem från en kvällskurs i franska. Inte en kurs som deltagare, det var hon som ledde den. Medan hon hade rabblat verb och konjunktioner och försökt få in lite vett i skallarna på de illitterata fåntrattarna hade hennes bror blivit skjuten. Detta berättades inte som en beklaglig händelse utan som det rättmätiga öde som borde drabba alla idioter. Jag lossade på slipsknuten när kommentaren ledde mina tankar in på sidospåret den kloke idioten Larsson. Geväret hade varit riggat som vi fått beskrivet av Robertson men snörets väg till den dödes hand hade varit mycket mer raffinerat. Sänglampan av uråldrig modell tändes med ett snöre och det snöret hade bytts ut mot det som gick till avtryckaren. Glödlampan till den enda övriga belysningen, en taklampa, hade skruvats ur så att enda sättet att få ljus i rummet var att dra i snöret under sänglampan. Här gjorde hon paus och nickade i djup beundran åt den som var hjärnan bakom arrangemanget. En kudde hade bundits runt gevärspipan för att dämpa ljudet men polisens experter hade tvivlat på att det fungerat som det var tänkt. Kulan måste gå igenom kudden för att dämpa ljudet. Men ingen av grannarna hade hört något. Knepet med snöret uteslöt självmord. Ingen som ville ta sitt eget liv skulle göra sig det besväret. Han skulle ju ändå dö, fanns inget att dölja. Enklare att bara dra i snöret som det var eller stoppa pipan i munnen och trycka av med tummen. Den urskruvade glödlampan förstärkte mordteorin. Men nästa detalj komplicerade ärendet. Mona berättade med en röst som närmade sig tonläget där upphetsning övergår i hysteri att det hela hade skett i Martins rum, att Donald skjutits i ryggen och att kulan gått rakt in i hjärtat. Men geväret hade varit riktat mot den plats där någon borde haft sitt huvud på kudden i sängen. Jag noterade Jens koncentrerade uttryck och anade att hans funderingar hamnat samma spår som mina. Varför hade Donald gått in i Martins rum i stället för sitt eget när han kom hem? Vi förstod också varför Robertson inte delat med sig av den vetskapen. Den som lät undslippa sig att han eller hon kände till att mordet skett i Martins rum kunde vara mördaren. Fast nu var det momentet borta. Madeleine såg filmen i detta nu och visste alltså genom en annan källa hur det förhöll sig, Martin och Anna-Lisa visste ändå. Men vem hade riggat geväret? Vi tittade på varandra när Jenny pausade filmen. Situationen krävde ett glas vin. Jens hämtade beredvilligt. Jag har aldrig förstått varför han och Jenny inte är lika snabba att hämta dryckesvaror när vi är hemma hos dem.

Vi smuttade sakta medan tankarna vandrade åt olika håll. Bara någon som hade tillgång till lägenheten hade kunnat rigga upp geväret. Det uteslöt alla utom tre, Martin, Anna-Lisa eller varför inte Mona. Hennes ettersprutande röst och hatfulla kommentarer hade låtit som om hon inte skulle tveka att meja ner hela sin familj med en AK47 om hon haft tillgång till en sådan. Hennes franska alibi kändes mindre värt i ljuset av händelseutvecklingen. Geväret kunde ha riggats upp när som helst under dagen och tidiga kvällen. Ingen i familjen hade haft kontroll över de andras rörelser eller tidsscheman. Allt detta hade Mona berättat med samma hetsiga stämma. Men varför döda Martin? Jo, samma motiv som gällde hela familjen både som offer och förövare, tre miljoner kronor. Men jag fick ändå inte ihop det. Kanske bara en känsla. Man mejar inte ner sina familjemedlemmar. Och vem i familjen är, eller var expert på skjutvapen. Den döde Donald. Men varför rikta ett gevär mot sin brors huvud och trycka av mot sig själv.

I nästa avsnitt berättade Mona att Martin har stora spelskulder och att ett spelsyndikat är efter honom med hotelser. Hon nämnde också att hon lierat sig med mamma i jakten på gåtornas lösningar men att hon ändå ville ha hjälp av Jenny i fortsättningen. Uppgiften att hon konspirerade ihop med mamma spräckte min teori att hon hatade alla i familjen.

Där slutade filmen lika abrupt som när Donald hade intervjuats. Batteritorka igen, fick vi veta. Jens drog fundersamt i en örsnibb.

"Då fanns det ett motiv att mörda Lennart trots allt. Hans femtiotusen. Numera Madeleines femtiotusen. Åtminstone hade Martin ett motiv, spelskulderna."

Jag undrade om det antydde att Madeleine också kunde bli mördad för de pengarnas skull. De skulle snart vara i hennes ägo. Men det var långsökt. Pengarna skulle vara lika oåtkomliga för Martin, insatta på ett konto. Vi drog ändå slutsatsen att vi inte kunde lämna något åt slumpen. Madeleine behövde skyddas. Hon kunde inte vara i sin egen lägenhet på kvällar och nätter. Jag föreslog att vi skulle turas om att erbjuda henne nattlogi. Det fick Jenny att gå i taket. Hon påstod att vi bara ville lura henne till oss för att utnyttja henne sexuellt. Ja, hon inbegrep nog inte mig i den misstanken. Hon tror att jag inte vet hur man gör. Men där har hon fel. Jag har sett på film hur det går till. Men jag anade att skon klämde någon annanstans. Hon ville förhindra att Jens och Madeleine kom på tu man hand och att något började spira som spolierade de egna planerna när det gällde hennes danske favorit. Men allt sådant rör inte mig. Jag finns ännu mindre i parbildande sammanhang än i vardagslivet. Den ofrivillige oskulden. Den kloke idioten. Den diskrete deckaren. Varsågod och välj. Det verkade inte angå Madeleine heller som lyssnade med ett Mona-Lisa leende. Hennes kvinnliga intuition hade räknat ut Jennys verkliga motiv. Precis som jag hade gjort det utan vare sig kvinnlig eller manlig intuition.

Utgången av resonemanget blev att Lennart blivit mördad, antagligen med hjälp av starkare saker än hans vanliga brännvin. Trolig mördare var Martin vilket inte gick att bevisa. Men indicierna var starka. Han var i desperat behov av pengar, han visste att Lennart var svårt alkholiserad, han visste var han kunde hitta honom, han kände till de femtiotusen. Att det skulle gå åt pipan visste han inte när han hittade bankkortet med PIN-koden. Trodde nog att saken var fixad. Madeleines kodnummer med en siffra fel hade räddat pengarna. Och hans osannolika tur att Donald gått in i hans rum. Nej, här är någonting som inte stämmer. Varför gick han in i Martins rum? Det måste finnas en orsak. En person som kommer hem ganska sent brukar bara ha en sak i huvudet, gå och lägga sig i sin egen säng. Nu får jag ont i huvudet. Får inte anstränga mig på det sättet. Min hjärna är inte programmerad för hårt arbete. Jenny avbröt mina och alla andras funderingar genom att helt sonika bestämma att Madeleine skulle bo hos henne. En kunde sova i sovrummet, en i bäddsoffan i vardagsrummet. Hon hade säkerhetslås och kedja. Jens muttrade någonting om det fina med demokratiska beslut men motsatte sig inte förslaget.

Konstiga konspirationer

Jag tror inte att svenskar är tråkigare än människor av andra nationaliteter. Engelsmännen älskar att sätta etiketter på folk och utan att veta något om svenskar har man valt att kalla oss tråkiga. OK, då är vi tråkiga i deras ögon. På sig själva har dom satt stämpeln humorister. De enda humoristerna. Så om man träffar en tråkig engelsman så finns han inte. Och om man träffar en glad och sprallig svensk så finns inte han heller.

Men det var tråkig jag skulle prata om. Jens berättade att han en gång tittade in i en matsal han trodde var tom. Men därinne satt trettio dödstysta människor med armarna i kors och väntade på lunch. Han var uppskakad i flera dagar efteråt och jämförde med en scen i en skräckfilm av Ingmar Bergman. Då upplyste jag, filmexperten, att Ingmar Bergman inte hade gjort skräckfilmer. Då gav han mig en sorgsen blick och sade att det bara är en definitionsfråga. Men låt oss säga att engelsmännen har en poäng. Kanske tråkighet är ett nationaldrag vi är så vana vid att vi inte reflekterar över det. Och att det yttrar sig på olika sätt. En svensk höjer aldrig rösten och ganska sällan ögonbrynen. Ingen blir arg, ingen blir glad, ingen blir någonting. Enda gången vi visar känslor och blir förbannade är när utlänningar påstår att vi är tråkiga. En svensk författare sade en gång i en intervju att han tycker om att ha tråkigt. När jag berättade det för Jens trodde han att jag skojade. Så han började skoja. *'Har du lust att följa med mig hem och ha lite tråkigt? Gud, vilken tråkig film jag såg häromdagen. Den måste du se.'* Jag blev också lite ställd av uttalandet. Författarens alltså. Hur skall människor som tycker om att ha tråkigt kunna skriva något annat än tråkiga böcker? Ja, jag är nog ganska tråkig själv men jag skriver inga böcker. Jag höjer aldrig rösten och slår aldrig näven i bordet. En dansk däremot kan höja rösten och bli förbannad. När svensken säger *'ursäkta, det där var nog mitt glas'* säger dansken *'ge fan i min grogg'*. Det var precis det som hände i det här ögonblicket. Jag bad om ursäkt och ställde tillbaka glaset och tog det som stod bredvid. Det var inte heller bra. *'Ska du först hälla i dig min grogg och sedan din egen?'* Nu blev jag så där förvirrad. Och det var inte jag som hade föreslagit grogg klockan tio på förmiddagen. Så dags dricker inte svensken starkt. Men det gör dansken. Det vill säga alla danskar gör nog inte det men den här dansken gjorde det. Jens hade tänkt ut en ny drink som han ville testa på mig. Så på mitt skrivbord stod en flaska vodka, en flaska gammeldansk, en flaska Campari, en flaska sodavatten, en ishink och två halvfyllda glas. Just då ringde det på dörren. Jag har en sådan där gammaldags dörrklocka som ringer, inte en som säger ding-dong eller spelar en truddelutt på basklarinett. Det kunde inte vara Jenny, hon brukar inte ringa alls, och det var inte Madeleines snabba dubbelsignal utan en barsk, alldeles för lång signal. Jens ställde ifrån sig sitt glas och gick ut i hallen för att öppna. Jag gissade att det var hyresvärden som kom för att meddela att hyran skulle höjas. Jag hade visserligen fått ett brev som förvarning. Men värden var en social person som gärna ville framstå som ett offer för övergrepp från politiska och andra håll så att vi hyresgäster skulle förstå att han inte tjänade en krona på höjningen. Tvärtom var han tvungen att skjuta till egna

146

pengar för att höjningen inte skulle bli ännu högre. En gång berättade han med tårar i ögonen att han tvingats länsa sitt sparkonto för att kunna betala hantverkare som tätat fönster. Det var riktigt gripande. När jag tog upp min plånbok för att lindra eländet med en tjuga tackade han nej med en gest som hade fått Greta Garbo att be om en lektion i melodramatisk mimik. Allt detta hann jag tänka medan Jens släppte in besökaren. Eller besökarna för jag hörde att det var två.

Det var inte hyresvärden. Dörröppningen till deckarkontoret fylldes av en numera välbekant kroppshydda. Ägaren till hyddan fäste sina optiska organ på flasksamlingen och de halvfyllda glasen på skrivbordet. En grimas blixtrade till så snabbt att jag undrade om det var en grimas eller en ryckning i kinden. Jag kände hur mitt leende stramade i kinderna när Bronsberg dök upp bakom honom och stirrade på drinkavdelningen som om han varit ordförande i lokala avdelningen av IOGT.

Robertson klev in i rummet och drog upp en anteckningsbok ur kavajfickan. Jag väntade på en kommentar angående baren så att jag kunde förklara. Det kom ingen. Jag tolkade det som att hans uppfattning om mig inte behövde kompletteras. Han bläddrade fram en sida i sin bok. Möblemanget i kontoret hade utökats med två besöksstolar. Fåtöljer av fyrtiotalsmodell. Trettio kronor för båda på loppis. Jag erbjöd dem att slå sig ner men de tackade nej efter en nedlåtande granskning av objekten. Den ena såg lite nersutten ut men för övrigt var de hela och rena och fullt funktionsdugliga. Jens satte sig ogenerat på skrivbordskanten och grabbade tag i sitt glas. Jag bad en tyst bön att han inte skulle erbjuda polismännen varsitt smakprov. Så naturligtvis gjorde han det. Dessutom med en yvig dansk gest. De avböjde med de kortaste huvudskakningar jag upplevt sedan jag tilltalat en kvinnlig anställd på biblioteket med orden *'har du lust att följa med mig hem'*. Det gällde en bok som hette så men innan jag hunnit förklara hade hon demonstrativt vänt sig till nästa kund. Den här gången försökte jag släta över med upplysningen att Jens är dansk men det föranledde inte ens en blick. Robertson läste en stund i sin anteckningsbok. En tjock, tummad bok där varenda sida hade hundöron. Så skall en anteckningsbok se ut, tänkte jag. Till min förvåning lät han lika vänlig som när vi träffats i hans tjänsterum. Jag hade väntat mig sarkasmer.

"Din syster Jenny spelade in ett samtal med Mona Pierre Dumont. Vi vill gärna höra det."

Jag undrade om Jenny var riktigt klok. Springa till polisen med vår hemliga information. Bronsberg läste mina tankar. Hans röst lät tröttare än Robertsons men han var också vänlig.

"Vi har Mona Pierre Dumont under bevakning. Jenny och hon träffades på restaurang Chez Marie. Vår man noterade att Jenny placerade en liten väska som antagligen innehöll inspelningsutrustning på ett bord intill." Han drog upp en likadan anteckningsbok som Robertsons och bläddrade en stund innan han fortsatte prata utan att titta på mig. "Är detta med sanningen överensstämmande?"

Jag var helt ställd. Jennys galna påhitt övervakades av mordroteln. Det skulle bli mig ett sant nöje att upplysa henne om den saken. Däremot var jag inte säker på om jag kunde tillfredsställa deras önskan att höra bandet eller filmen. Jag visste nämligen inte om Jenny lagt över det på datorn eller om det var kvar i hennes USB-minne. Jag behövde inte ens bläddra, filen låg på skrivbordet. Mona stod det med versaler. Jag hade inte lagt märke till den förut. Jag undrade varför de ville ha den. Om de

148

haft en man vid ett närliggande bord kunde han spelat in själv eller åtminstone lyssnat. Bronsberg läste mina tankar igen.

”Vår man satt inte tillräckligt nära för att avlyssna konversationen.”

Jag vred laptoppen så att de kunde se från sin stående position. Just när jag gjort det satte de sig i fåtöljerna så att jag fick justera vinkeln igen. De lyssnade och tittade uppmärksamt men jag såg ingen reaktion förrän Mona nämnde Martins spelskulder. Då sträckte båda männen ryggarna och gled fram i sina stolar. Det var tydligen nyheter för dem och lika tydligt var att de drog samma slutsats som vi hade gjort. Spelskulder kan vara ett mordmotiv för en tillräckligt desperat individ med psykopatisk läggning. Robertson bad mig lägga över filmen på ett USB-minne han räckte mig. Medan datorn arbetade drog han handen fundersamt över hakan.

”Så Jenny deltar i jakten på miljonerna?”

Jag gissar att min panik filtrerades genom det leende jag nätt och jämnt lyckades prestera. Jens gjorde en gest med den hand som inte var upptagen med att föra glaset till munnen. När han svalt ner klunken skrattade han överslätande men inte övertygande.

”Det är bara en dimridå för att få Mona att öppna sig. Vi jobbar på vårt eget spår för Madeleines räkning.”

”Och hur går det?”

”Inte så bra. Rebusarna är så konstruerade att det är nästan omöjligt att lösa dem utan kännedom om Carl Pierre Dumonts person och sätt att tänka.”

”Så ni försöker lägga beslag på Monas lösningar för att hinna först?”

”Inte alls. Dessutom tror vi att hon är inne på helt fel spår.”

Robertson nickade utan att se övertygad ut.

”Sade Jenny något om att Mona nämnt Donalds anteckningsbok?”

Vi tittade oförstående på honom. Han fortsatte på sitt monotona sätt.

”Enligt Anna-Lisa Pierre Dumont hade Donald en anteckningsbok där han skrev upp precis allting som hände, en kombinerad kalender och dagbok. Den kan innehålla uppgifter som är av betydelse för utredningen.” Han stoppade ner sin egen anteckningsbok och reste sig. ”Om ni hittar den eller får reda på var den finns vill vi att ni kontaktar oss omedelbart. För övrigt finns du inte, Larsson.”

Jag blev alldeles kallsvett. Inte *kallsvett* som man slänger ur sig när man blir lite nervös. Jag kände hur svetten bröt fram över hela ryggen. *Du finns inte.* Människan står och tittar på mig och slänger ur sig i nonchalant ton att jag inte finns. Så nu har det alltså hänt. Jag är borta. Tack hjärnspöket för den här tiden. Vilket underbart slut du bjöd på. Jag kan höra eftermälet. *Han stod där som en idiot och glodde och plötsligt var han borta. Sorgsen paus. Men han var snäll mot barnen.*

Jag förstod att jag hade haft tur igen när Robertson fortsatte i samma oberörda ton.

”Vi hittade inget tillstånd i ditt namn att bedriva detektivverksamhet.”

Jag kände svetten bryta fram igen, den här gången i pannan, men tack vare Jennys insinuanta fråga i samma ämne hade jag preparerat ett svar på just den frågan.

”Det är ingen riktig detektivbyrå. Det är bara en underavdelning i min andra firma. Jag tycker det är roligt att hjälpa folk med problem.” Här tänkte jag säga något om min filantropiska läggning eller min uppskattning av detektiven allmänheten men orden tog slut som om jag

150

tilldelats för liten dagsranson. Robertsons blick vilade tungt på mitt ansikte.

"Låter som naturlig kombination, diversehandel och Sherlock Holmes. Jag önskar lycka till. Och kom ihåg, undanhållande av information i brottsfall är olagligt."

När ytterdörren stängts greppade jag min grogg. Nu kände jag att jag behövde något lugnande. Jens såg mera road än oroad ut. Jag väntade mig en påasslig kommentar angående tillstånd att bedriva agenturer men han tyckte ämnet Donalds anteckningsbok var intressantare.

"Undrar om Mona har lagt beslag på den? Om han skrev upp allting så är det troligt att han hade den på sig eller att den låg nära honom. På nattduksbordet, till exempel." Han gjorde en fundersam paus. "Då är det något som inte stämmer. Det första han måste ha gjort var att dra i snöret så att skottet gick av. Alltså hann han inte lägga ifrån sig den. Han hade den knappast i handen när han just kommit hem. Så Mona måste ha tagit den ur hans ficka. Men det gör man bara om man har ett syfte. Så varför tog hon den? Var hon ute efter något som stod i den? Lösningar på gåtorna till exempel."

Jag suckade. Det enda som är mer irriterande än när han svarar på sina egna frågor är när han svarar på dem med nya frågor. Jag undrade för all del också vad som kunde stå i den boken som var så viktigt att polisen ville få tag i den. De var inte intresserade av gåtorna. När jag formulerade de funderingarna påpekade Jens syrligt att man kanske fick reda på det om man bläddrade i den. Då svarade jag ännu syrligare att det kanske var enklare att bläddra i den om man hade tillgång till den. Vi var i alla fall överens om att hotet mot Madeleine minskat något genom polisens inblandning och undrade om de hade spaning på henne också. Men vi var inte överens om hur mordet på Donald egentligen var tänkt att avlöpa. Ett gevär hade riggats och riktats mot huvudsidan av Martins säng och Donald hade dödats av misstag. Enligt den teorin levde fortfarande det tilltänkta offret. Innebar det att mördaren skulle göra ett nytt försök att röja Martin ur vägen? Och vilket var motivet? Om det var spelskulderna kanske vi borde leta efter en helt annan mördare. Men hur hade en sådan person kommit in i lägenheten? Och varför döda någon som var skyldig dig pengar? Då skulle man ju aldrig få tillbaka dem. Det var inte jag som rabblade och vägde alla de här möjligheterna mot varandra på det sättet, det var Jens. Och han smorde talorganet med rikliga doser av sin nya drink. Jag tyckte inte den var god men den rev i halsen och bröstet så att den kändes från smaklökarna ner till tolvfingertarmen. Jens tyckte vi skulle kalla den Jenny. Han lade en isbit i sitt glas och fyllde på med en krystad lustighet om Jenny på hal is. Han fyllde samtidigt sitt glas. Och mitt. Jag sade någonting om att jag inte tilltalades av tanken att sätta Jenny i halsen. Vi hörde att vi höll på att närma oss det larviga stadiet och bestämde att den här groggen var den sista.

Jag har tidigare påpekat att det är farligt att tänka på Jenny. Tala om trollen och allt det där. Den här gången hörde vi henne inte ens komma in genom ytterdörren. Kontorsdörren stod öppen sedan poliserna gått. Plötsligt stod hon bara där och tittade på oss med bedrövad blick och skakande huvud. Eller på batteriet med flaskor för att vara mer exakt. Jens förklarade att vi hade komponerat en drink till hennes ära och räckte över sitt glas för smakprov. Observera att han sade vi och inte jag. Ett skickligt sätt att skaffa alibi. Om hon tyckte om den skulle han ändra till *ja man har ju samlat på sig lite erfarenhet under åren*. Om hon gjorde en illasmakande grimas skulle kommentaren bli *ja du förstår Freddy gör ju sitt bästa men det har vi ju lärt oss vad det brukar bli av det'.* Men hon varken sade något eller gjorde någon grimas efter att vätskan försvunnit. Det vill säga, hon sade inget om drinken.

"Jag träffade två trevliga män utanför porten. Hade en intressant pratstund. Om Mona och om anteckningsböcker och detektivbyråer och tillstånd och lite av varje."

Jenny älskar att avbryta sig halvvägs in i en redogörelse för att betrakta lyssnarnas dumt frågande miner. I synnerhet min dumt frågande min. "Men det var inte därför jag tittade in. Jag har pratat med en kompis."

Nu gjorde hon det igen. Tystnade och tittade på oss som om vi hade avbrutit henne. Jag tänkte tacka för besöket och be henne hälsa sin kompis nästa gång de träffades. Men hon hade nått sitt syfte. Jens gjorde en uppgiven gest. Mot mig. Vad hade han med saken att göra. Jo, han hade läst hennes intentioner och gjorde gesten så att hon slapp göra den. Han till och med gned tummen mot pekfingret. Det blev för mycket. Jag lade in så mycket indignation jag kunde i min stämma, men jag har aldrig varit bra på indignation. Jenny lade huvudet på sned och tittade som om jag satt i halsen. Jag tänkte på min lustighet om att sätta Jenny i halsen. Kändes inte särskilt lustigt just nu. Ändå lyfte jag glaset för att smaka på min Jenny. Min Jenny? Usch.

"Får jag göra en sak klar en gång för alla. Jag bedriver affärsverksamhet, inte välgörenhet. All affärsverksamhet baseras på inflöde och utflöde av finansiella medel. Freddys Deckeri har hittills bara upplevt utflöde. Så kan det inte fortsätta."

Det blev tyst en stund. Men det var inte för att Jenny drabbats av tunghäfta. Hon hade uppfattat något jag sagt som skojigt.

”Freddys Deckeri? Freddys Snickeri? Freddy snickrar ihop sina skapliga deckarfall?”

”Jag sade inte deckeri. Jag sade…” Jag försökte komma ihåg vad jag sagt. ”Jag sade…det spelar ingen roll vad jag sade. Jag kan inte fortsätta dela ut pengar till …ingenting.”

”Jag behöver en ny pump till din cykel.”

”Hörde du inte vad jag sade?”

”Jodå, du sade att det spelar ingen roll vad du säger. Hundrafemtio kostar den.”

Hundrafemtio! Sist jag köpte en cykelpump kostade den tjugo kronor. Fast det är några år sedan. Jag förklarade att jag kunde köpa en pump. Hon sade att hon vägrar pumpa sin cykel med en gammal rörpump. Det skall vara en med handtag och fotboja. Fotboja är en liten båge man kan stoppa in foten i. Jag tror inte hon sade fotboja men jag var så irriterad att jag glömde vad hon kallade den. Medan jag räknade upp pengarna hörde jag priset ändras till tvåhundrafemtio. Den gick jag inte på. Nu var jag så indignerad att jag inte behövde låtsas vara det.

”Vet du om att du är efterlyst för interpellation i mordrotelns investigering.”

Interpellation? Investigering? Jag borde hålla mun när jag har druckit sprit och dessutom blivit upprörd. Å andra sidan blir jag alltid upprörd när Jenny är i närheten. Och jag tål inte sprit. Förbaskade Jens med sina danska påhitt. Jenny stoppade ner sedlarna i sin röda plånbok och klappade den kärvänligt innan den försvann ner i fickan.

”Jo, jag vet. Robertson interpellerade mig för en stund sedan. Men han sade inte efterlyst. Han tackade mig för mitt bidrag till utredningen.” Här log hon så där sockersött igen. ”Var det ordet du letade efter? Utredning? Jag kan skriva upp det åt dig så att du har det till hands nästa gång.”

Hon drog upp en anteckningsbok och bläddrade en stund. Jag tittade misstänksamt. Tänkte hon verkligen skriva upp ordet och riva ur sidan och räcka den till mig med det där överlägsna flinet hon är så bra på. Skulle inte förvåna mig. Men det som gjorde mig misstänksam var själva boken. Hon hade bara visat upp en liten röd anteckningsbok förut. En sådan som jag har. Den här var brun och väl använd och alldeles för tjock för en liten tjej som Jenny. Hon viftade med den på det där sättet som annonserar första akten i Jennys nästa pjäs.

”Hoppsan! Den här känner jag inte igen. Måste ha tagit fel.” Hon tittade på försättsbladet. ”Står inget namn och jag känner inte igen handstilen.”

Nu förstod vi att det fanns ett budskap. Hon sträckte boken mot mig men när jag sträckte ut handen för att ta emot den drog hon tillbaka den.

”Förresten, nämnde jag att jag träffat Mona. Det är hon som är min kompis. Pierre Dumont. Jag har alltid velat ha en kompis med ett fint namn. Vi åt en bit hos ’hos Marie’.”

”Hos hos Marie?”

”Hm. Hos Chez Marie. Chez betyder ’hos’ på franska. Min nya kompis är duktig på franska.” Ny illmarig paus. ”Men hon borde inte lämna sin väska obevakad när hon går på toa. Förlåt, pudrar näsan. Fina damer går inte på toa, dom pudrar näsan.”

Nu började Jens skratta. Inte så där försynt skrockande som han är bra på, utan han gapskrattade rakt ut i luften. Jenny föll in efter en stund men hon skrockade lågt och förtjust. Inte alls som det skärande tokskrattet hon brukar skrämma omgivningen med. Och det var mig dom skrattade åt. Eller mitt stupida uttryck. Jag

155

råkade se det i speglingen i den släckta datorskärmen. Jag låtsades förnärmad och tittade uttråkad på mina naglar. Jens hällde upp nya drinkar och höll upp sitt glas i en skål.

"Skål Freddy! Din syster är ett jäkla fruntimmer!"

Det höll jag med om. Men jag förstod att vi tolkade 'jäkla fruntimmer' på olika sätt när han tog anteckningsboken ifrån henne och viftade med den precis som hon viftat en stund tidigare.

"Vet du vad detta är?"

Vad svarar man på sådant. En anteckningsbok, ett föremål man använder till att göra anteckningar i, en notbok, ett pappersföremål. Så svarar man i alla fall när det är magistern som frågar. Men jag sade ingenting utan fortsatte att betrakta mina naglar med uttråkad min. Jens lämnade tillbaka boken till Jenny.

"Stod du med den i handen när du pratade med Robertson?"

Hennes jakande nick utlöste det skärande skrattet. Jag tyckte att det knöt ihop sig i tunntarmen eller mjälten eller vad det kan heta i den delen av kroppen. När hon slutade för att hämta andan fortsatte Jens.

"Förstår du att han kunde arresterat dig för undanhållande av bevis i mordutredning. Det var det han hotade oss med om vi nosade reda på var den finns. Vad kommer Mona att säga när hon upptäcker att den är borta?"

"Hon har själv stulit den? Vad säger man när någon frågar efter något man har stulit?"

Lämna tillbaka, tänkte jag men jag sade ingenting för det ledde mina tankar till alla pengar som försvunnit ur min plånbok. Och då blev jag ännu bittrare. Det värsta jag vet är när folk pratar som om jag inte finns. Och ännu värre när dom pratar på ett sätt som om dom tar för givet att jag fattar. Med facit i hand inser jag att jag borde fattat i ett tidigare skede. Men då hade turturduvorna inte haft lika roligt. Jens blev allvarlig igen.

”Har du läst den?”

”Har inte hunnit. Jag kommer nästan direkt ifrån restaurangen.”

”Hon kommer att misstänka dig.”

”Låt henne. Jag blånekar. Frågar hur hon kunde vara så vårdslös att hon lämnade väskan utan uppsikt. Säga att jag lämnade bordet en stund och att vem som helst kunde stuckit ner handen och knyckt vad som helst.”

”Du kan inte blåneka när Robertson talar om att han fått den av dig.”

”Han kommer inte att få den av mig.”

”Du måste. Annars blir det undanhållande av bevis.”

”Jag sade inte att han inte skall få den. Men han skall inte få den av mig.”

Hon satte ögonen på mig och log leendet jag aldrig har kunnat tolka. Jag kanske borde känna mig smickrad eller åtminstone lättad över att åter införlivas bland de levande varelserna på jorden. Jag hade just börjat hemsökas av den där otäcka känslan av att vara borta för alltid. För andra gången den senaste timmen. Nu fattade jag. Det var Donalds dagbok de bollade mellan sig och jag skulle lämna den till Robertson med en stammande förklaring var jag fått den ifrån och varför han inte fått den tidigare. Det var jag som skulle arresteras för undanhållande av bevis fastän jag inte haft med saken att göra. Jens räddade mig. Han hade antagligen fått för mycket av Jenny. Drinken Jenny. Han erbjöd sig att överlämna boken med förklaringen att han hittat den hos ’hos Marie’ när han varit där och ätit. Han skulle säga att han råkat sparka till den när han satte sig. Han hade tagit upp den men inte förstått att det var något polisen letade efter. Han hade tänkt slänga den men ändrat sig efter han tittat i den. Jag tänkte påminna honom om att Robertson beordrat alla som kom i kontakt med boken att genast lämna den till polisen. Jag tänkte även nämna att polisen inte skulle tro ett ord av hans fabel. Men jag sade ingenting. Låt honom göra bort sig bäst han vill. Alltihop var ändå Jennys fel. Inte drinken Jenny. Den andra. Eller kanske båda. Usch, vad jag blir trött i huvudet av sådant här. Jens och Jenny hade satt sig tätt intill varandra på skrivbordet och bläddrade i boken. De satt så tätt att deras frisyrer trasslade in sig i varandra. Jag hade redan försvunnit ur deras medvetande igen. Då och då kommenterade de en anteckning. Jenny gned sitt lår mot hans och han låtsades att han inte märkte det. Jag undrade om Jennys mångåriga kamp höll på att krönas med framgång. Hennes försök att låtsas intresserad av det som stod i boken verkade krystat. Tills de plötsligt tittade upp. Först rakt fram. Sedan på varandra med uppspärrade ögon. Jens gjorde en rörelse med knuten näve. Inte riktad mot Jenny som jag hade tyckt var naturligt utan en slags heurekarörelse rakt ut i luften. "Det här är dynamit för Robertson. Det förändrar hela bilden."

Jag försökte med ansiktsuttryck och gester meddela att jag också ville vara med. Men de var så upptagna med varandra att de inte hade märkt om jag hade fått hjärtinfarkt och ramlat ur snurrfåtöljen. Jenny såg ett tag ut som om hon tänkte kyssa Jens på munnen och han såg ut som om han inte hade haft något emot det. Men det hände inte. Tydligen insåg de att den sensationella anteckningen inte borde leda till den sortens känsloyttringar. Eller det var min närvaro som hindrade dem. Fast de inte såg mig. Jo, jag vet. Det låter inte klokt. Jag sträckte handen uppfordrande mot dem. Skrivbordet var så stort att jag bara nådde över halva skivan.

"Jag kan ge den till Robertson. Det är jag som är chef." Nu upptäckte de mig igen. Men det var inga uppskattande blickar jag fick. Snarare den typ av blickar som man ger någon som just klampat in på ett nybonat golv med leriga stövlar. Jag fyllde på med något svagare stämma. "Chefen har ansvaret."

Jag fick ingen bok. Jag fick inte ens en förklaring till deras upphetsning. De började prata animerat med varandra igen. Jag kände hur jag krympte igen och försvann i deras medvetande. Plötsligt tyckte jag det poppade till i huvudet. Nu är jag borta, tänkte jag och nöp mig hårt i kinden. Spegelbilden i datorskärmen räddade mig igen. Där satt en förskrämd figur och nöp sig i kinden. Människor som nyper sig i kinden finns i alla fall så länge det gör ont. När jag nupit en stund upptäckte jag att Jens och Jenny satt tysta och tittade på mig igen. Inte som man tittar på en förrymd dåre utan som om de väntade på någonting. Kanske hade de tilltalat mig eller ställt en fråga. Jag log dumt.

"Förlåt, jag tänkte på något annat."

Deras uttryck förändrades inte. Jens slog ut med handen.

"Vi frågar om du förstår att detta förstärker hotet mot Madeleine och du tänker på något annat?"

"OK, vad är det som förstärker hotet?"

De tittade på varandra och suckade. Jens stötte pekfingret mot den öppna sidan i anteckningsboken.

"Martin hade bytt rum med Donald den aktuella kvällen och natten. Han skulle ha en tjej med sig hem och Donalds rum är större och mer avskilt."

Jag log förstående. Martin och Donald bytte rum. Lät ganska naturligt att bröder som bor i samma lägenhet gör så när den ene vill vara ifred med en tjej. Jag fortsatte att le medan jag väntade på resten av hypotesen eller slutsatsen. Det kom ingen. Tydligen väntade man på att jag skulle dra en slutsats med ledning av det jag hört. Jag harklade mig.

"OK. Då vet vi det." Jag kände igen repliken från brottningsmatchen med statyn. Den hade inte gjort succé den gången heller. "Slutsatsen blir förstås att Martin gillar tjejer och att han…hade planer."

Jens betraktade mig på ett sätt som jag inte tyckte om. Ungefär som en psykdoktor betraktar ett hopplöst fall.

*"Det är lika lätt att lura sig själv utan att märka det som det är svårt att lura andra utan att de märker det. La Roche-*foucauld."

En filosof till som jag aldrig hört talas om. Jag brydde mig inte om att bemöta dumheterna. Jens suckade tungt.

"Slutsatsen är att Martin visste att Donald skulle sova i hans säng. Därför kan man inte utesluta att det var Donald som skulle mördas." Konstpaus. "Vi har spekulerat i att Martin mördade Lennart på ett sätt som inte går att bevisa. Tänk om han mördade Donald också på ett sätt som inte går att bevisa. Och vem står i så fall på tur? Vi har med en mycket farlig person att göra, Freddy."

Jag tittade på honom medan min hjärna bearbetade hypotesen. Jag önskar jag hade låtit bli Jenny. Drinken Jenny. Det hände ingenting däruppe. Jag kände att jag måste säga något.

"Jag ser inget motiv."

"Motivet har varit detsamma hela tiden. Pengar. Vi vet inte hur långt Martin kommit i lösningen på rebusarna. Om han har en bokstav kvar och misstänker att någon av de andra har löst alla fem kan han se tre miljoner försvinna i ett trollslag. Ganska tufft för någon som jagas av spelsyndikat för stora skulder."

Det var en ny aspekt. Åtminstone för mig. Och i ljuset av det resonemanget kunde hotet mot Madeleine inte

160

avskrivas. Jag framförde den synpunkten. Jens tittade på Jenny som skakade på huvudet. Han gjorde en gest som kunde tolkas som idiotförklaring av någon av de närvarande.

"Alla måste undanröjas, broder boss. Mona, Madeleine, Anna-Lisa. Jag skulle tro att Donalds kort med koden har belagtagits av polisen. Om inte Anna-Lisa har det. I så fall är hon en lika farlig medtävlare som Madeleine och Mona." Han fyllde i med ännu en gest som inte var ägnad att höja min status. "Eller ännu värre, boss. Vi tre har också tillgång till gåtorna. Martin kan inte veta om Madeleine av säkerhetsskäl har deponerat kortet hos någon av oss. Fundera på det."

Det var inte trevligt att fundera på. Alla som hade tillgång till gåtorna och kunde komma över kortet med koden var teoretiska medtävlare. Robertson hade också varit inne på det. Jens hade rätt i att det inte fanns någon anledning att eliminera medtävlarna förrän lösningen var inom räckhåll. Vi hade löst gåtorna tack vare Jennys konspirationer. Martin kunde gått tillväga på samma sätt. Det som fattades i kunskap och intelligens kunde kompenseras med slughet. Jenny bläddrade förstrött i anteckningsboken.

"Här står till och med namnet på tjejen Martin skulle leka med den kvällen. Undrar om hon var med när han kom hem?"

Jag ryckte på axlarna.

"Hon dunstade nog när hon såg att det kryllade av poliser och ambulanspersonal. Spelar det någon roll? Hon har inte med saken att göra."

Jag såg på Jenny att hon var på gång med nya ränker. Jag gissade att hon tänkte attackera den oskyldiga kvinnan som nämndes i boken med frågor eller göra undersökningar som inte skulle leda någonvart. Nåja, det fick hon göra som hon ville. Stressade människor hinner ändå aldrig med mer än hälften av det de planerar. Vi som tar det lugnt hinner med allting.

Jens tittade på klockan. Jag förstod att han hade bråttom till Robertson för att samla poäng. När jag tänkte efter skulle de bli så nöjda att de inte skulle bry sig om hur han kommit över boken. Jag kunde lika gärna överlämnat den själv. Jens genomskådade den tankegången när jag erbjöd mig att följa med. Han bara skrattade och stoppade den i fickan. Jenny skrattade också fast mjukt och kvinnligt som hon också kan när hon vill. Jag kunde fortfarande höra deras skratt ute i trapphuset. Det kändes som om detektivarbetet fortgick utan problem eller avbrott antingen jag var inblandad eller inte. Det var inte så jag hade tänkt mig verksamheten när jag satte igång.

Mummeldjuret

Det är något konstigt med avundsjuka. Man är avundsjuk på sin granne för att han har en finare bil än man själv. Man är inte avundsjuk för att han har en fin bil. Om man själv köper en finare bil upphör man att vara avundsjuk och grannen blir istället den som är avundsjuk. Det är adjektivformen finare som är avundsjukans fundament. Stor, bra, vacker duger inte. Större, bättre, vackrare skall det vara. Istället för att vara nöjd med det man har skapar avundsjukan ett behov att äga något man inte behöver eller något man kanske inte ens vill äga bara för att hänga med i prestigejakten och 'platta till' någon annan. En spiral som aldrig tar slut. Löjligt? Jovisst, men alla deltar. Med få undantag. Ett sådant undantag är privatspanare Freddy Larsson. Och andra lugna, smarta människor. Anledningen att jag kommer in på det här ämnet är min deckarbil som jag kallar den numera. Tidigare min firmabil. Fast det är samma bil. Jag medger att den har några år på nacken och att den inte är den miljövänligaste minibussen i stan. Men därifrån till att kalla den en leopardfärgad rosthög som skrothandlaren vägrar ta emot är orättvist. Den gick igenom besiktningen med bara tre tvåor och några ettor. Det var just det jag påpekade för Jens när jag bjöd honom att stiga in på passagerarsidan. När vi rullade iväg berättade jag att jag varit och tittat på en annan bil. Bara tittat. Jag sade inte att jag tänkte köpa en annan bil. Då påminde han mig om just en annan bil jag hade tittat på. Och köpt. En gammal Opel. Väldigt gammal men fin i lacken. Under provkörningen fick jag hela tiden instruktioner av försäljaren. Ta till höger här och till höger där borta och till höger en gång till där borta vid sopbilen så kan du parkera till höger där borta. Jag gjorde som han sade. Vi öppnade motorhuven för att titta och lyssna. Motorn spann jämnt och fint och vi kom överens om priset. Jag blev lite förvånad när han stoppade pengarna i fickan och sprang ifrån platsen. Inte lätt joggande utan rusande som en hundrameterslöpare och vek runt närmaste hörn hoppande på ett ben som Charlie Chaplin med polisen i hälarna. Det var det sista jag såg av honom. När jag en stund senare skulle svänga ut från trottoaren förstod jag. Bilen gick inte att svänga åt vänster. Efter att ha ryckt och slitit i ratten en timme gav jag upp. Jag skulle förresten inte ha öppnat motorhuven för den gick inte att stänga. Men det gjorde inte heller så mycket för bilen hade rullat färdigt. Transporten från platsen skedde med bärgningsbil och kostade lika mycket som bilen. Nästa station var skroten. Försäljarens namn på kontraktet gick inte att tyda och han kunde inte spåras. Registreringsskyltarna tillhörde en bil som skrotats fem år tidigare. Polismännen skrattade inte högt när jag anmälde händelsen men de hade svårt att kontrollera ryckningarna i mungiporna. Det var inte den bästa bilaffär jag gjort. Men det stora misstaget var att berätta om debaclet för Jens och Jenny. Sedan dess har historien om högerbilen som de kallar den blivit ett stående inslag i deras anekdotflora. Precis som historien om det hängande ansiktet och komplimangen om den stängda munnen. Nåja, låt dem hållas. Jag känner att min hud blir tjockare för varje nytt nålstick. Jens rekommenderade att nästa gång jag bestämde mig för att titta på en bil bör jag ta med någon som vet något om bilar. Till exempel Jens Laurits Jensen.

Anledningen till att han åkte med mig nu – normalt vägrar han sätta sig i fordonet – var att han hade ett ärende som krävde lastutrymme. En soffa som han hade fått av en släkting i Köpenhamn skulle transporteras från åkeriets depå till hans lägenhet i Haga. Han hade nyligen bytt från tvåa till trea och skulle möblera ett rum till. Jag förstod att det skulle bli fler körningar. Han hade antytt att det stod en antik skänk hos hans föräldrar i huvudstaden och att han inte ville överlåta transport av den värdefulla möbeln till ett åkeri. Jens kan naturligtvis inte tänka sig att handla på nära håll, till exempel i någon av de många fina antikaffärerna i Haga. Det är bara familjeklenoder som duger åt honom. Ädelträ och sniderier så att man inte ser vad som är möbel och vad som är konstverk. Jag trodde att danskar var mer intresserade av moderna möbler med avancerad design än artonhundratalsprodukter. Men inte Jens och hans familj. Det skall vara gammalt och dystert och tungt så att det knakar i ryggen när man släpar upp dem till tredje våningen. För det finns naturligtvis ingen hiss där han bor. Jag stannade utanför porten och tittade uppför fasaden. Jag tittade inte på cykeln stod lutad mot husväggen och var fastkedjad med en vajer som såg ut att kunns lyfta en långtradare. Om jag tittat närmare hade jag känt igen min egen cykel.

Det var mitt första besök i den nya lägenheten. På frågan vad en inbiten ungkarl som han skall ha en trea till svarade han inte.

Jag vet inte om det är något jag bara har fått för mig men jag är övertygad om att möbler har en tung och en lätt ända. Missförstå mig inte, jag hjälper gärna till när det skall flyttas men normalt koncentrerar jag mig på lampskärmar och kuddar och gardiner. Varje gång jag grabbar tag i en soffa eller ett skåp så dignar och knäar jag under bördan medan den som hugger tag i andra ändan dansar fram på lätta fötter. Och jag är inte svagare än de flesta. Om man dagligen bär tunga kartonger med importerade glas- och porslinsföremål in i trånga affärer med trappa upp och trappa ner får man träning. Måste undersöka om det bara är inbillning eller om andra, till exempel Jens vet att det förhåller sig så och alltid väljer rätt ända av möblerna. Eller om det går att hypnotisera över vikten till andra ändan av objektet.

När vi äntligen kom upp till rätt avsats, jag pustande som ett ånglok, Jens leende och blinkande. Men inte åt mig. Jag hade ryggen mot lägenhetsdörren och satte ner möbeln för att öppna dörren. Det behövdes inte. Samtidigt fick blinkningarna sin förklaring. Leende som en filmstjärna på filmbolagets affisch stod Jenny i hallen och vinkade in oss. Min rygg fick en knäck till när jag lyfte igen i svår vinkel och baxade eländet in till det innersta rummet. När jag klev eller snubblade över den sista tröskeln fick jag en överraskning till. Madeleine stod vackert leende mitt i rummet och pekade var soffan skulle stå. Jag tittade misstänksamt på Jens när jag ställde ner min ända. Han log också men på ett illmarigt sätt. Alla log och strålade med hela ansiktet. Utom jag. Dels för att jag var så andfådd att jag inte kunde le just då, men framförallt för att inte tyckte att det fanns något att le åt. Däremot fanns det anledning att se förvånad ut. Vad gjorde tjejerna i Jens lägenhet. Jag noterade att förutom det här rummet var lägenheten fullt möblerad.

Vi satte oss kring ett runt kaffebord i ett annat rum. Det var vackert dukat med konglig dansk porslin och jättelika danska wienerbröd. Allting är vackert i Jens lägenhet och det mesta har han transporterat från Köpenhamn. Arvegods alltihop. Allting har en historia. Byrån kommer från en farbror, matsalsbordet från en morbror, fåtöljerna från mormor. Speglar från något gods eller ett slott. Han vill inte medge att han har aristokratiska anor men jag är säker på det. Sådana möbler kostar en förmögenhet på auktion eller i antikaffären. Grejer som gör experterna svimfärdiga av lycka på Antikrundan i TV. Intarsia och polerad mahogny, mulliga rokokopjäser, stolar med utsirade ben och blänkande sidentyg så att man knappt vågar sätta sig. Museiföremål om man frågar mig. Men det är ingen som frågar mig. Jenny strålar när hon tittar på grannlåten. Drömmer sig nog in i rollen som den förfinade frun som skickar runt hembiträdet med nedlåtande gester. Skulle passa henne. Hon är duktig på att kommendera.

Utsikten från den nya lägenheten är något bättre än i hans gamla tvåa men den är inte andlöst spännande. Samma husfasader fast härifrån kan man se Skansen Kronan om man lutar sig i rätt vinkel åt ena hållet och om man går ut på balkongen kan man skymta fiskekyrkan på andra sidan Rosenlundskanalen. Jennys sätt att servera kaffe bekräftade mina misstankar att hon klivit in i rollen som fina frun i huset. Det var sirliga rörelser och artiga frågor om det önskades socker och grädde. Även jag omfattades av vänligheten. Jens avslutade tramset genom att spilla kaffe på duken av antagligen finaste damast, som jag inte riktigt vet vad det är men som låter fint. Ja, han spillde inte ut hela koppen men det blev en fläck. Jenny log ännu sötare och skyndade sig att lägga på någonting som sög upp vätskan. Jag kunde inte låta bli att göra reflektionen att om jag spillt kaffe på duken hemma hos henne hade hon kallat mig saker som inte lämpar sig för tryck och skickat iväg mig att lägga duken i tvättkorgen. När Jens mumsat i sig sitt wienerbröd och torkat av smulorna med linneservetten var det äntligen dags för det jag trott var anledningen den här träffen. Utom att förstöra min rygg. Han drog fundersamt i en örsnibb.

"Robertson var inte alls säker på att det var Martin som riggat geväret mot sin egen säng. Han sade att det finns indicier som pekar åt ett annat håll. Och att det försvunna geväret spelar en väsentlig roll. Mer ville han inte säga. Han tackade för att jag gav honom anteckningsboken. Han läste medan jag var där och fastnade för samma notering, att bröderna skulle byta rum. Men han drog inte samma slutsatser som vi."

Jenny tittade fundersamt på honom.

"Det är bara taktik från hans sida. Ett sätt att tala om att han inte är förtjust i vår inblandning." Nu tittade hon på mig på samma nedlåtande sätt som hon tittat på sitt imaginära hembiträde. "Han kanske tycker att detektivarbete är något annat än vad vissa medborgare förknippar med sådan verksamhet."

Jag låtsades inte om blicken.

"Undrar vad han menade med att det försvunna geväret spelar en roll? Försvunnet är försvunnet."

Jag sökte medhåll med ögonkast åt olika håll. Ingen reagerade. Jag knackade lätt med min tesked på bordsduken, ett tecken på att min hjärna arbetade. Jens djupa suck indikerade att hans hjärna gått ner på sparlåga.

"Geväret är inte försvunnet för den som lagt beslag på det. Frågan är var det befinner sig."

Vi tystnade för att fundera på det. Hur förvaras gevär? I väl låsta vapenskåp. Och slutstyckena fick inte förvaras tillsammans med vapnet. När jag berättade detta tittade de församlade förvånat på mig. Inte för att det var nyheter för dem utan för att de var överraskade att jag kände till det. Förstod jag senare. Men Robertson hade sagt att geväret spelade en viktig roll. Det var det som gjorde oss förvirrade. Menade han att den som hade geväret var mördaren som tänkte använda det på samma sätt igen eller menade han att vetskapen om vem som hade det var avgörande för utredningen. Hur hade den som riggat första geväret kommit åt det om det inte var Donald. Men Donald visste att han skulle ligga i Martins säng och om han riggat det skulle det innebära att han riggat det för självmord. Vilket motsades av att han skjutits i ryggen som om han överraskats av skottet. När jag satt och funderade på det här var jag inte medveten om att jag mumlade, visserligen knappt hörbart men ändå så högt att det träffade känsliga punkter på de närvarande trumhinnorna. När det plötsligt träffade en känslig punkt på min egen trumhinna tystnade jag och tittade mig generat omkring. Alla tittade på mig men inte på det där beklagande sättet som antydde transport till dårkliniken utan på ett sätt som jag uppfattade som respekt. Jag mumlade en ursäkt för att jag stört friden med mitt mumlande. Jens dunkade näven i bordet.

"Du har alldeles förbannat rätt, boss! Det är den springande punkten. Vem utom Donald kunde ta sig in vapenskåpet. Där har vi vår mördare."

Jag blev alldeles förskräckt. Jag hade inte tänkt peka ut någon mördare. Jag hade bara låtit tankarna ta sina egna vägar. Men när det framställdes på det sättet lät det alldeles logiskt. Jag sträckte på mig och log generat igen.

"Det är bara en av många hypoteser."

"OK. Mumla fram några av de andra."

Mumla? Mitt nya paradnummer. Sherlock som mumlar fram svaren på alla gåtor. Mummeldjuret från Alperna. Mummeltrollet från mummeldalen. Varför blir allting fel när jag tror att jag gör rätt och varför blir det rätt när jag gör fel? Kanske borde jag utveckla den här nya egenskapen. Är det förresten en egenskap att mumla. Sluta formulera dina tankar verbalt och förståeligt, mumla knappt hörbart så gör du succé. Madeleine hade suttit tyst under hela kaffestunden. Nu nickade hon vänligt åt mitt håll.

"Det är inget fel i att vara lågmäld. Jag tycker om lågmälda människor."

Oj! En komplimang. Min första någonsin. Och av en snygging som Madeleine. Hur gör man när man får en komplimang för att man mumlar? Mumlar ett tack? Nickar vänligt? Ingenting? Ja, det blir nog det sista för jag kommer inte på något som vanligt. När jag tittade på Jens för att se om han uppfattat att jag fått en komplimang såg han uppfordrande och oförstående ut. Hans gest var otålig snarare än beundrande.

"Nå? Blir det några hypoteser?"

Jag harklade mig försiktigt. Inte högt och omständligt som jag brukar. Madeleine tycker nog inte om högljudda harklingar. Min mumlande, lätt desperata hypotes handlade om att Donald kan ha lämnat in geväret för service. Jens avfärdar med en trött gest.

"Service? Årsservice? Tusenskottsservice? Du tror att gevär är som bilar?"

"Varför inte? Mekaniska delar slits. Avtryckaren kan behöva riktas."

"Avtryckaren kan behöva riktas?" Här stötte han ett finger mot sin tinning. "Jag vet mycket som behöver riktas men inte avtryckaren på ett gevär. Och en tävlingsskytt är fullt kapabel att göra service på sitt eget vapen. Jag gjorde service på mitt vapen i det militära."

När jag tänkte efter hade jag också gjort det. Under ledning av en djävulsk sergeant. Först plockade vi isär gevären och lade delarna på en bänk. Jag blev snabbt

170

klar och gick för att växla några ord med en person i andra ändan av rummet. Då släcker fanskapet ljuset och säger åt oss att sätta ihop vapnen igen. Jag hittade inte ens tillbaka till min plats. Detta som en parentes för att belysa att det inte kan vara märkvärdigt att göra service på ett gevär. I ett rum med tänd belysning. Men mordet på Donald var faktiskt inte vår sak att lösa. Jag påpekade detta och fick till svar att det var vår sak att skydda Madeleine. Jag hade glömt att vi kommit överens om att hon skulle flytta in hos Jenny. Det hade redan skett och det var därför de var tillsammans just nu. Jenny livvakten, Jenny detektiven, Jenny cykelmonstret. Hon tog alla sina uppgifter på lika stort allvar. Jag nickade uppskattande.

"Är det någon som vet var Martin befinner sig. Lägenheten är stängd för polisundersökning. Tror jag."

Jens nickade tillbaka, också uppskattande. Uppskattning av min slutledningsförmåga, gissade jag.

"Alla bor på andra ställen. Anna-Lisa på hotell, Mona i familjens sommarstuga i Billdal. Martin vet man inte var han är. Han svarar inte i mobilen. Robertson vill ha tag i honom för förhör. Nya uppgifter gör att hans inblandning kan vara en annan än man trott."

Det var precis det jag sagt eller tänkt. Att det tilltänkta offret var den tilltänkte gärningsmannen. Men det är aldrig någon som lyssnar på mig. Utom när jag mumlar. Så jag bestämde att göra just det. Kanske jag skulle få en komplimang till. Jag började med att mumla namnet Barbro S. Bara för att få uppmärksamhet. Det lyckades. Alla tittade på mig med blickar som sade 'vilken jävla Barbro S'. Jag mumlade oberört vidare och nämnde anteckningsboken där Donald nämnt att tjejen Martin skulle träffa mordkvällen hette Barbro S. Jag höjde rösten för att jag själv skulle höra vad jag sade och gav

Jenny i uppdrag att ta reda på vem Barbro S är. Det skulle jag inte gjort. Jag fick en lång smattrande harang om antalet Barbro i Göteborg med omnejd och en ännu längre om efternamn som börjar på S. Hon gav till och med ett exempel, Barbro Svensson även känd som Lill-Babs. Jag protesterade mumlande att Lill-Babs inte bor i Göteborg men då påpekade Jenny att det gjorde saken ännu värre, vad var det som sade att Barbro S bodde i Göteborg. Då föreslog jag att hon tog en pratstund med sin kompis Mona och förhörde sig om hon visste vem det var. Då påpekade hon att hon inte stod särskilt högt i kurs hos Mona sedan hon knyckt anteckningsboken. Då hotade jag med att lägga ner detektivbyrån. Det blev dödstyst. Efter en lång utstuderad paus började Jens polera sina naglar mot skjortan och frågade med likgiltig röst om vi hade hört om Bruce Springsteen skulle komma till Ullevi i år. Det är hans stora idol och han ville försäkra sig om biljett i god tid. Han undrade om Madeleine och Jenny hade lust att följa med. Plötsligt fanns jag inte igen. Spöket knackade på och meddelade att jag hade förbrukat mitt berättigande och dessutom tråkade jag ut spöket. Jag höll andan en stund och väntade på det poppande ljudet som jag drömmer mardrömmar om. Men jag klarade mig den här gången också. Jag suckade lättad och bestämde att ta itu med Barbro S på egen hand.

Man kan vara fattig på många sätt och man kan vara rik på många sätt. Utan att pengar är inblandade. Fattigast är den som inte har något annat än pengar i både plånboken och skallen. Rikast är den som inte har några pengar men inte saknar dom. Hur låter det? Tänkte just ut det. Min egen lilla aforism. Påverkad av Jens och hans filosofer förstås. Får nog fundera lite på rik. Definitionen av rik alltså. Ofta hör man folk säga om någon att han eller hon 'har pengar'. I mitt fall kan man säga att jag har pengar tills Jenny har länsat min plånbok. Men att ha pengar är ett relativt begrepp. Om man sitter på krogen och upptäcker att man inte kan betala sin öl är hundra spänn att 'ha pengar'. Om man löser rebusar och kasserar in tre miljoner är hundra spänn en droppe i havet. Det här var tankar som korsade mitt huvud när jag var på väg till polishuset och stannade vid en korvkiosk för att dämpa hungern med en grillad med mos. Framförallt var det en titt ner i plånboken som aktiverade den filosofiska hjärncellen. En skrynklig tjuga trängdes med bensinkvitton och visitkort och en lapp med ett telefonnummer som jag inte har en aning om vart det går. Jag tog upp tjugan och gned den fundersamt mellan tummen och pekfingret. Man får ingen korv för en tjuga. Jag letade igenom fickorna och hittade några tior och ganska många enkronor. Efter en stunds räknande och pusslande fick jag ihop till en grillad med mos och mycket senap. Just då kände jag

mig fattig men medan korvgubben lassade på moset
kom jag att tänka på att det var förfallodag för fem stora
leveranser just idag. Då gled tankarna över till alla
pengar som skulle rulla in på mitt firmakonto och då
kände jag mig lite rikare. Så liten kan skillnaden vara
mellan fattig och rik. Åtminstone i min verksamhet och
i min tankevärld. Undrar förresten vad spottstyver är för
ett konstigt ord. Kom att tänka på det när jag tänkte på
fattig. Får googla fram det på internet. När jag tog den
sista tuggan av min korv var jag lika hungrig som när jag
tog den första. Man blir inte mätt på senap och pulver-
mos och en grillkorv med köttinnehåll femton procent.
Åtminstone kändes den femtonprocentig när jag svalt
färdigt. Hade gärna köpt en burk dricka för att skölja
ner men pengarna var slut. Jag traskade därifrån. Humö-
ret var inte på topp. En stund senare hittade jag en ban-
komat och knappade in tvåtusen. Jag tittade över axeln
innan jag grabbade tag i pengarna. Inte för att jag är
rädd att bli rånad men jag har två fobier när det gäller
bankomater. Den ena har jag nämnt tidigare, att mitt
hjärnspöke skall förinta mig i just det ögonblicket; den
andra är att Jenny skall bromsa in bakom mig med skri-
kande däck och snappa åt sig pengarna innan jag hunnit
stoppa ner dem i plånboken. Jag väntade och höll andan
en stund. Det klarade sig den här gången också och jag
gick med lite lättare steg upp mot Skånegatan. Alla
kanske inte tänker på det men gatan där Ullevi och
Skandinavium och Mässan och polishuset ligger heter
faktiskt så. Burgården ligger också där. Min gamla skola.
Fast idrottsplatsen där jag hoppade 1,77 i kalifornisk
dykstil är borta. Förintad av en jättelik byggnad med en
restaurangskola. Det kändes lite nostalgiskt att traska
förbi gymnastikhuset och kasta en blick mot hörnet där
vi brukade stå tätt tillsammans och smygröka på raster-

na. Känslan gick över när jag erinrade mig att just där hade vaktmästaren kommit flängande runt hörnet och haffat den som just då hållit i cigaretten. Gissa vem. Nedsatt betyg i ordning och uppförande hade inte varit roligt att komma hem med.

Bronsberg såg inte förtjust ut när jag tittade in. Det lilla vessleansiktet med de små bleka ögonen tittade på mig som om jag avbrutit honom i djup koncentration. Eller som om han läst en deckare som han varit tvungen att smussla undan. Men det var inte honom jag tänkt prata med. Han berättade att Robertson var ute på uppdrag och väntades inte tillbaka på några timmar. Martin Pierre Dumont hade försvunnit. Jag berättade att mitt ärende kunde ha med den saken att göra. Inte för att jag letade efter Martin. Jag var helt ointresserad av den personen betonade jag med visst patos i stämman. Mer för att övertyga mig själv än Bronsberg. Jag tänkte inte lägga mig i polisens angelägenheter. Däremot ville jag gärna veta vad hans fästmö heter i efternamn. Bronsberg bläddrade en stund i sina papper och frågade varför jag ville veta. Jag hade faktiskt tänkt ut ett svar på den frågan och hävdade att det var en kvinna jag känt tidigare men tappat kontakten med. Här hade jag kunnat tänka mig en massa följdfrågor men det kom inte en enda. Hans finger stannade längst ner på sidan i en uppslagen pärm.

”Hon heter Barbola Szabor. Ungerskt ursprung skulle jag tro. Tjugofem år och studerar konsthistoria på universitetet. Snygg tjej.”

Jag undrade om det stod snygg tjej i anteckningarna. Men jag hade fått de uppgifter jag ville ha. Jag krafsade ner namn och siffror i min lilla röda och tackade. Jag hade sett att det stod Barbola i Donalds anteckningsbok men jag hade trott att det var felstavat och att hon hette Barbro. Jag frågade hur utredningen framskred och fick till svar att det var avgörande att man fick tag i Martin. Han hade uppmanats hålla kontakt med polisen. Han hade varken synts till eller hörts av sedan mordkvällen. Anledningen till att man inte begärt honom häktad då var att man trott att han var det tilltänkta offret, inte misstänkt gärningsman. Jag frågade om man förhört sig med Barbola Szabor. Hon var inte heller i sin lägenhet. Polisen hade en man på spaning vid hennes bostad. Jag frågade förstrött om man haft framgång i sökandet efter det försvunna geväret och log inåtvänt när han berättade att det fanns hos polisen. Man hade lokaliserat det via ett kvitto i Donalds plånbok till en vapensmed som skulle byta vissa delar efter att pipan skadats. Det var Donalds bästa tävlingsgevär. Jag drog slutsatsen att inga gevär var på drift och att det minskade hotbilden mot Madeleine lite till.

När jag kom ut på gatan stannade jag och funderade, häpen över att det hade gått så lätt. Jag tänkte road på Jennys indignationsakt när jag i min välvilja försökt delegera uppdraget till henne. Jag tänkte ännu mer roat på Jens lustighet när jag föreslagit att vapnet var på service. Vi hade mycket att diskutera när vi träffades om en stund i konstmuseets kafeteria. Valet av samlingsplats var Madeleines.

Jag måste erkänna att jag inte hör till det museets mest trägna besökare. När jag traskade igenom salarna på jakt efter kafeterian insåg jag att det var dumt att inte tillbringa några timmar då och då i de pampiga salarna. Det var ljust och luftigt och mycket att titta på. Jag stannade en stund i den stora statyhallen. Efter min brottningsmatch med Carl Pierre Dumont i bronsversion

176

kände jag mig som något av en expert på statyer. Fast jag hade nog inte velat ge mig i kast med den väldiga stridshäst av gnejs eller granit som krumbuktade sig på en hög stensockel. Jag tog ett djupt andetag och blundade hårt för att tvätta bort bilden av detektiv Larsson krossad under fem ton Rosinante. Förstår inte varför mina tankar så ofta leder till en bild av mig själv i köttfärsdisken. Det hände inte innan jag startade deckarbyrån.

En porträttsamling i ett litet rum fascinerade mig. Utan att veta något om konst tror jag att just porträtt och i synnerhet självporträtt berättar mer om konstnären än de flesta av hans eller hennes verk. Blickar säger mer än ord. Jag hade gott om tid och tillbringade en stund bland ansiktena i det lilla rummet. Tanken att vi löst Carls konstrebusar kändes tillfredsställande och höjde ytterligare min status som konstkännare. Jag lyckades förtränga påminnelsen att mitt bidrag inskränkte sig till ett snubblande steg över ett bildäck. Funderingarna ledde tankarna till de återstående problemen ARKIV och DofI. Just nu verkade de lika olösliga båda två. Jag kunde inte ens bestämma mig för om det stod D of I eller om sista bokstaven var ett L. Och ARKIV kunde lika gärna varit en kinesisk glosa. Mina tankar stördes av en tung hand på axeln. Min första reflex gällde minnet av vaktmästarens hand på min axel bakom gymnastikhuset, den andra var att min inträdesbiljett inte gällde just det här rummet och att jag måste betala ett tillägg. Jag undrar varför jag alltid får dåligt samvete när någon rör vid mig. Men det var Jens. Han tittade inte på mig utan på tavlan jag just betraktade.

"Den påminner mig om en film jag såg en gång. Den handlade om utomjordingar som invaderade jorden. Vet du varför?"

Jag förstod inte om han menade varför dom ockuperade jorden eller varför personen på tavlan påminde om
dem men jag visste att han skulle svara på frågan själv.
Som alltid. Han tog ett steg närmare för detaljstudium.
"Dom hade också gröna ansikten."

Det var dumt sagt. Visserligen fanns det gröna nyanser i detaljerna men helhetsintrycket var inte grönt. Jag
drog mig för att påpeka det eftersom jag fruktade en
ordsprutande tirad liknande den han hasplat ur sig hos
Kiljorin. Non-figurativ och eterisk och esoterisk och
alkalisk och andra ord han tror att jag inte begriper.
Eller vet att jag inte begriper. Jag tar förresten tillbaka
alkalisk. Det låter inte konstbeskrivande. Mer som om
det har med kemi att göra. Vi gick ut ur rummet och
riktade in kompassen mot avdelningen där kafeterian
skulle finnas. Ett tjoande fick oss att vända oss om. Det
var naturligtvis Jenny. Ingen annan tjoar på museum.
Hon vinkade som en fotbollsfan som just har upptäckt
sitt ansikte på storbildsskärmen. Madeleine gick strax
bakom henne och såg lätt generad ut. Jag förstod henne.
Det var fjärde dagen Jenny lekte livvakt. Jag undrade
vem som egentligen behövde vaktas. När det gäller
Jenny kanske rätta ordet är övervakas. När tjejerna kom
närmare såg jag att en kvinnlig vakt kom in från entreplanet och ställde sig innanför dörröppningen med händerna på ryggen. Jag hade kanske överfört mina tankar
om övervakning eller hon hade hört Jennys tjoande och
trott att någon ropade på hjälp.

Vi parkerade oss i den för övrigt tomma kafeterian
och försåg oss med varsin kopp automatkaffe och varsin automatmazarin i plastförpackning som inte gick att
öppna. Åtminstone gick inte min att öppna. De andra
hade ätit upp sina medan jag fortfarande slet med perforeringen som det inte ens gick att få något grepp om.

178

Och deras sätt att titta på mig retade mig mer än plasten. Jag hade inte ätit något annat än en svartbränd korv och lite pulvermos. Och det var flera timmar sedan. När jag till slut kastade eländet i papperskorgen gick Jenny dit och hämtade den och öppnade den med en snabb knyck med tummen. Men tro inte att hon gav den till mig. Hon åt upp den utan att bevärdiga mig en blick. Beteendet framkallade naturligtvis den enerverande känslan av att inte finnas. Den förstärktes när Madeleine istället för att beklaga förlusten av mazarinen började prata om Kröyers målning Hipp hipp hurra som alla borde se någon gång i sitt liv. Jenny borstade smulorna av sina fingrar och tittade på mig som om hon just upptäckt att jag var närvarande. Alltså fanns jag igen. Hoppas jag. Jag tänker, alltså finns jag. Descartes. Jag tänker inte, alltså finns jag inte. Larsson. Att vara eller inte vara. Shakespeare. Min mazarin finns inte. Larsson igen. Kändes nervöst att kastas mellan existens och icke-existens på det sättet.

"Hur går det för dig, chefen? Har du fått tag i din Lill-Babs?"

Min Lill-Babs? Jag var fortfarande irriterad efter mazarindebaclet och letade efter en dräpande replik. Just när den började formuleras i yttre skiktet av hjärnbarken kom en kvinna i mitten av tjugotalet in och satte sig vid bordet bredvid. Inte så långt ifrån som möjligt som svenskar brukar göra. Jag kastade en blick och noterade att hon såg ut att ha sydländskt påbrå. Italienska eller spanjorska. Jag hade just kommit på ett svar på Jennys sarkasm när kvinnan lade ett stort ritblock på sitt bord. Därefter böjde hon sig ner och grävde efter något i en rymlig väska. Anledningen till min tvekan var att jag såg initialerna B.S. på blocket. Kunde detta vara Barbola Szabor? Jag kunde i alla fall inte utesluta det. Innan jag hade funderat färdigt dök en man i samma ålder upp, böjde sig och tilltalade henne i hetsigt viskande ton. Jag blev alldeles förskräckt när jag noterade att han stämde perfekt in på den beskrivning av Martin jag fått av Madeleine och Robertson. Istället för att sätta sig hos kvinnan tog han hennes arm och båda lämnade skyndsamt kafeterian. Jag var alldeles kallsvett och sökte Madeleines blick. Hon var blek som en snödriva. Jag drog slutsatsen att hon hade känt igen Martin och var dödsförskräckt att han hade känt igen henne. Jag hade visserligen inte sett några sådana tecken den korta stund han varit i rummet men han kunde ha studerat oss innan han kom in. Det fanns möjligheter att göra det osedd från en plats bland några små skulpturer på pelare konstaterade jag med en blick mot salen utanför. Han kunde ha känt igen Madeleine och gått in och hämtat sin flickvän för att undgå upptäckt och registrering av anletsdrag. Det motsades av att han inte vänt sitt ansikte från oss när han pratade med henne. Jag var helt paralyserad. Skulle jag ringa Robertson och berätta eller skulle jag låtsas att jag inte märkt någonting. Mannen som varken märker eller märks. Proffsdeckaren som inte ser någonting. Plötsligt såg jag att Jens och Jenny tittade konstigt på mig. För all del, jag är van vid att just de två tittar konstigt på mig. Men jag anade en annan anledning när de flyttade sina blickar till Madeleines ansikte och tittade på samma sätt på henne. De hade noterat ett dramatiskt ögonblick men förstod inte anledningen. Jag beslöt att kasta lite ljus över mysteriet och log syrligt mot Jenny.

”Jodå, jag har inte bara fått reda på vem Lill-Babs är, jag har träffat henne.”

Kommentaren möttes av misstro. Jag berättade med så likgiltig stämma jag kunde att Lill-Babs hette Barbola Szabor och att hon studerade konsthistoria på universitetet. Den senare upplysningen framkallade nästan skrämselhicka. Ännu större blev förskräckelsen när jag berättade hon just hade varit på besök tillsammans med sin pojkvän och förlängde med min misstanke att deras snabba sorti hade med igenkännande blickar att göra. Omedelbar slutsats blev densamma som min, en blivande konsthistoriker löser Carls gåtor hur lätt som helst. De små klurigheterna i form av 'minst' och Continental och 'högt i det blå' fixar ett normalsnabbt intellekt med rätt kunskap. Blödarsjuke Ivar Arosenius och öronmärkte Van Gogh hade antagligen tagit henne ett par minuter. Plötsligt kände vi flåset i nacken. Innerst inne hade vi nog trott att vi var alldeles för smarta för våra medtävlare. Högfärd går före fall tänkte jag och märkte inte att jag mumlade. Jenny märkte. Hon märker allt hon inte har att göra med. Framför allt märker hon ord. Hennes röst bytte tonläge från syrlig till överlägsen.

"Högmod."

"Förlåt?"

"Högmod går före fall."

"Det var precis det jag sade."

"Du sade högfärd."

"Det var kanske för att jag råkade titta på dig när jag sade det."

"Du tittade i spegeln där."

Hon gjorde en rörelse med huvudet. Jag hade inte ens sett att det fanns en spegel. Är det något jag undviker att titta i så är det speglar. Tycker inte om den trötte figuren som tittar tillbaka. Och är det något jag inte ser i speglar så är det högfärd. Jens påpekade att vi gick på som om vi varit gifta med varandra i tjugo år. Jag rös och såg i ögonvrån att Jenny också skakade av sig något som tycktes krypa i henne. Vi återvände till det allvarliga nuet och insåg att vi hade mycket att fundera på. Jag undrade om Martin hade tagit kontakt med Barbola efter han fått testamentet i sin hand eller om de kände varandra sedan tidigare. Spelade ingen roll längre. Martin måste känt till Carls konstintresse hela tiden. Han var kanske inte så korkad som vi trodde efter diverse beskrivningar. En annan och just nu intressantare fråga var om han anade att Madeleine var lösningen på spåren. Kanske hade han dragit den slutsatsen nu om han känt igen henne. I så fall gissade han att hon gjort precis som han, anlitat konstexperter. Varför annars träffas på konstmuseet av alla ställen? Madeleine ångrade nog bittert att hon föreslagit den här platsen. Jag funderade så intensivt jag orkade. Tog verkligen i om man kan säga så om tankearbete. Tänk om ARKIV också hade med konst att göra och att fröken Szabor fixat den i förbifarten. Då var det vi som flåsade dem i nacken. När Jens fått hela situationen klar för sig ville han rusa upp och följa efter paret. Jag lugnade honom med upplysningen att polisen hade Barbola under uppsikt. Just när jag sade det kom ytterligare en man in i kafeterian, en kraftig person i fyrtioårsåldern. Han tittade sig omkring med vaksam blick innan han gick ut igen. En stund senare hörde vi honom prata i sin mobil. Vi hörde inte vad han sade men hans sätt att smattra ut orden med låg röst bekräftade våra misstankar – mordroteln. Vi tittade på varandra. Vad gör vi nu? Robertsons hotfulla *'undanhållande av upplysning väsentlig för polisutredning är olaglig'* ringde i mitt bakhuvud. Å andra sidan verkade polisen ha full kontroll. Vår inblandning kanske bara skulle störa spaningsarbetet. Vi lugnade ner oss med varsin klunk kaffe. Vi hade inte sagt mycket till varandra under det mentala tumultet. Det var bara jag som mumlat fram några fakta i målet. Bland annat att Martin var efterlyst och att Barbola stod under bevakning. Antagligen av den mannen som just fladdrat förbi.

Men vi hade inte behövt säga någonting. Alla tankar var inne på samma spår. Inte oväntat var det Jenny som bröt tystnaden. Mumlande ungefär som jag för ovanlighetens skull.

"Det var alltså Martin och Barbola som tittade in?" Jag nickade stumt. Hon tittade frågande på mig. "När träffade du henne?"

"Här och nu. Jag förstod att det var hon när jag läste B.S. på hennes ritblock. Och jag kände igen Martin från beskrivningarna. Har inte sett henne tidigare. Inte honom heller. Jag lade ihop två och två."

"Två och två? Du lade ihop en och en och fick två, menar du?"

Jag brydde mig inte om att kommentera. Om jag gör det slutar hon aldrig och handlar det om matematik kan inte magister Jens hålla sig. En gång påstod han att min firma gick med femtio procent i vinst och då sade jag att så hög är inte omsättningen. Då fick jag en lektion i procenträkning som hade fått en sköldpadda att gäspa. Omsättning är omsättning och har inte med procent att göra förrän vi talar om delar av omsättningen. Om omsättningen är en miljon är en halv miljon femtio procent av omsättningen. När jag sade att det var precis det jag hade sagt sade han att jag inte borde få driva ett företag. Han avslutade med att hundra procent av ingenting är ingenting och det gäller även innehållet i vissa huvuden. I besk ton. Men jag låter honom hållas. För övrigt lämnar jag bokföringen till en firma som hjälper småföretagare med siffror och andra obehagliga krumelurer.

Jag kom att tänka på att jag hade ett trumfkort kvar att spela ut. Geväret. Jag kunde inte bestämma mig för hur jag skulle presentera det för att få ut mesta möjliga av det. Att bara slänga fram det i likgiltig ton och avsluta med att kväva en gäspning var lockande men en liten charad var bättre. Eller roligare. Jag höll upp ett låtsasgevär, siktade på Jens och gjorde en avtryckningsrörelse med tummen. Han tittade tyst på mig en lång stund innan han flyttade blicken till Jenny och från henne till Madeleine. Men det var ingen imponerad eller ens nyfiken blick. Den var bara trött. Till råga på allt avslutade han med att kväva en gäspning. Vänta bara, tänkte jag och gjorde om rörelsen. I samma ögonblick fylldes dörröppningen till kafeterian av en kraftig kroppshydda. En kroppshydda jag beskrivit tidigare. Den här gången var den klädd i en grå kavaj och något mörkare grå byxor. Polisblå skjorta och polisblå slips gav anblicken en officiell prägel. Jag har ofta känt mig dum och då brukar Jens säga att jag känner alldeles rätt. Men så dum som i det här ögonblicket har jag sällan känt mig. Kommissariens stenansikte gjorde mig ännu dummare, eller nervösare. Jag väntade att han skulle säga något så att jag kunde förklara rörelsen och samtidigt spela ut mitt trumfkort men han skakade inte ens på huvudet. Efter en stund och efter att han låtit blicken vandra mellan ansiktena kring bordet satte han blicken på Jenny.

"Bronsberg sade att jag kunde hitta dig här, Larsson."

Jenny tittade förvånat och lätt skrämt på honom innan hon förstod att han talade till mig. Jag erinrade mig att han gjort så förut, tittat på en person medan han talade till en annan. Ytterligare ett polisknep, gissade jag. Min harkling skar sig och gick över i falsett innan jag fick ordning på den. Jag kunde inte erinra mig att jag berättat för Bronsberg att jag skulle träffa gänget här men det kunde ha slunkit ur mig.

"Bara en liten kaffestund vänner emellan. Vi skulle just gå."

184

Han satte sig på den stol Barbola lämnat en stund tidigare. Hans blick vilade tungt på mig.

”Jag tror inte du och jag har diskuterat skillnaden mellan mödosamt polisarbete och lekfull amatörverksamhet i det du förväxlar med detektivens vardag, Larsson.” Jag tänkte nicka att jag förstod den skillnaden men ordet lekfull paralyserade mig. Han fortsatte lika lugnt. ”I våra uppgifter ingår att skydda medborgarna. Även dom som inte förstår att dom behöver skydd.” Ny paus med blicken lika tungt vilande på mitt ansikte. ”Jag vet inte om du fick det intrycket när du pratade med Bronsberg men Martin Pierre Dumont är en farlig person. Vi har fått reda på att han har skaffat pistol på svarta marknaden. En Beretta 38.”

”Jag förstår att ni vill skydda mig men jag tror inte det behövs.”

Nu såg han så där trött ut igen. Huvudet borde skaka men det gjorde det inte.

”Det är inte du som behöver skydd, Larsson. Det är Martin. Spelsyndikatet han är skyldig pengar är ute efter honom. Dom drar sig inte för någonting när det gäller att skydda sina intressen. Eller statuera exempel som det också heter.”

Jens gjorde en slapp frågande gest.

”Men är det inte lite magstarkt att mörda någon för ynka sjuttiofem tusen?”

Robertson flyttade sin blick till Jens oförstående nuna.

”Var har du fått den summan ifrån?”

”Jag minns inte. Från hans syster tror jag.”

Jag kunde inte erinra mig att Mona nämnt någon summa. Bara att hon sagt stora spelskulder. Vad är en stor spelskuld? Relativt igen. Kommissarien gjorde ytterligare en lång enerverande paus. Tydligen tvekade han om han skulle upplysa oss om ekonomiska fakta i fallet Martin.

"Hans skuld uppgår till två miljoner. Han har tre dagar på sig att betala. Hotet hänger några centimeter över hans huvud."

Nu var det min tur att göra en frågande gest.

"Men då är det tur att han kommit tillrätta och att ni har en man som skyddar honom."

Nu fick jag en blick som jag inte ens vill beskriva. Jag har tidigare talat om Robertsons förmåga att få människor att krympa när han sätter örnögonen på dom. Nu var det jag som var måltavla. Hans röst var sträv som femmans sandpapper.

"Vet du något som jag inte vet, Larsson? Kommer du ihåg vad jag sade om undanhållande av information?"

Jag tyckte mina händer började skaka men när jag tittade på dem såg jag att de var alldeles stilla. Det var något annat som vibrerade. Kanske mina tänder.

"Martin var här för en stund sedan med sin fästmö Borbala. De försvann direkt när de fick syn på oss. Han kände kanske igen Madeleine och blev rädd att vi skulle känna igen honom." Jag gjorde en paus och sökte medhåll med en blick på den som satt närmast. Jenny. Ingen respons. "Men minuten senare dök er man upp och tittade efter dem. Han ringde ett snabbt samtal på sin mobil. Sedan försvann han också."

"Varför tror du att det var vår man?"

Jag förklarade att hans sätt att prata i mobilen fått oss att dra den slutsatsen. Lågt och intensivt.

"Du tror att alla som pratar lågt och snabbt i telefoner är civilklädda poliser?"

Jag hann inte svara innan han drog upp sin mobil och tryckte på en knapp. Vi hörde honom rapportera att Martin varit synlig på konstmuseet men skrämts iväg av privatdeckare Larsson. Han pratade precis så lågt och snabbt som vi beskrivit. Jag tyckte inte om den avslutande formuleringen men kände mig tvungen att låtsas som om jag inte lyssnat. Robertson stoppade tillbaka mobilen. Jens tittade häpen på honom.

"Menar du att det inte var er spanare vi såg?" Inget svar. "Vem var det då?"

Robertson gjorde en anteckning i sin tjocka slitna bok. Jag förstår inte hur den fick plats i hans kavajficka.

"Martin har gått under jorden. Vi har ingen man på honom av den enkla anledningen att vi inte vet var han finns. Och inte hans flickvän heller. Vi har bara en man vid hennes bostad." Nu tittade han på mig igen. "Barbola. Inte Borbala. Den personen ni såg var spelsyndikatets torped. Och Martin visste att han hade honom i hälarna. Därför stack dom. Inte för att han är rädd för dig, Larsson." Jag tyckte inte om hans sätt att uttala Larsson. Han sänkte rösten till hotfullt läge. "Han kanske har fått tag i honom nu. I så fall är racet över. Kan ni beskriva honom?"

Jens lämnade en beskrivning av mannen som vi andra instämde i. Det slog mig att jag inte skulle kunna peka ut honom vid en vittneskonfrontation. Men det skulle Jenny fixa. Hon glömmer aldrig ett ansikte. Robertson krafsade ner beskrivningen.

"Förstår ni vad detta innebär?"

Jag förstod ingenting men det var det ingen som hade väntat sig. Jens suckade tungt och nickade.

"De tre miljonerna är livsviktiga för honom. Han måste lägga vantarna på dem inom några dagar."

Robertson instämde med en kort nick.

"Han måste hitta dem senast i övermorgon." Nu tittade han på Madeleine. "Hur skulle det kännas, fröken

Persson. Ditt presumtiva arv på tre miljoner hamnar i klorna på en gangsterorganisation?"

Hon svarade inte men jag såg på hennes sammanbitna min att hon skulle göra allt för att förhindra en sådan utveckling. Plötsligt var det inte Martin som flåsade oss i nacken, det var gåtorna ARKIV och DofI. Vi kände att vi hade morgondagen på oss.

Tillfälligheternas olidliga lätthet

Den skola jag tycker bäst om är skolan där man inte tar examen. Skolan där man inte får betyg. Om man inte sätter dem själv. Skolan där man aldrig slutar lära. Och där man lär av intresse eller nyfikenhet och inte av tvång. Skolan där syftet inte är att göra eleverna till lydiga och nyttiga kuggar i samhällsmaskineriet. Den enda skolan som gör skäl för namnet friskola. Livets skola. Och mitt favoritämne är studiet av människonaturen.

Jag tror att det finns i huvudsak två typer av intellekt. Datahjärnan som lagrar kunskap för kunskapens egen skull och den praktiska hjärnan som också lagrar kunskap men som vet vad den skall göra med kunskapen. I de boklärdas skola premieras datahjärnan. Kunskapsbärarnas institutioner. Bärarnas? Hur väger man kunskap? Är deras kunskap tyngre än snickarens livslånga erfarenhet? En av Jens filosofer lär ha sagt att han trodde att han skulle hitta högre stadier av intelligens på universiteten men det enda han hittade var uthängda skyltar. Descartes igen. Och universitetet hette Sorbonne.

Jag imponeras av problemlösare för det är de som skapar ny kunskap. Människor som ställs inför situationer som är helt främmande för dem men som ändå hittar eleganta lösningar. Kunskap och klokhet i det praktiskas tjänst.

Varför kom jag in på det här? Jo, när det gäller inproppad kunskap kan man anlita till exempel en konsthistoriker för att få hjälp inom specialområdet konst. Hade det gällt matematik hade jag kunnat fråga Jens och fått mig till livs en halv årskurs i aritmetikens outforskade och outgrundliga väsen. Men vem skall man anlita när det gäller rebusar som ARKIV och DofI. Det är där livets skola dyker upp i mitt sinne. Erfarenhetens universitet. Akut läge för den smarte problemlösaren.

Jag tänker bäst när jag ligger på rygg så jag lade mig bekvämt tillrätta på soffan i deckarkontoret för att arbeta i lugn och ro. Just då började det slamra och väsnas i hallen. Jag blev inte förvånad. När vi skilts åt dagen innan hade jag inte brytt mig om att föreslå att vi skulle träffas hos mig idag på förmiddagen för att kämpa med rebusarna. Jag visste att de skulle flockas här ändå. Tydligen kom alla på en gång för det var ett förfärligt tjattrande därute. Jag låg kvar i soffan eftersom jag inte ville spoliera intrycket av djupt tänkande chefsdetektiv när de trädde in i rummet. För att förstärka just det intrycket lade jag ena handens baksida lätt mot pannan samtidigt som jag vilade blicken på en punkt i taket. Problemet var att de dröjde väldigt länge därute i hallen och när de äntligen förflyttade sig så var det till köket för att äta frukost. Jag kände att min position var vilsam och avslappnande. Medan jag kämpade för att hålla mig vaken hörde jag att det stektes ägg och korv och bacon i köket. Jag har aldrig tänkt på det tidigare men det fräsande ljudet av fettrika produkter i en stekpanna har en sövande effekt. Alltför sövande kände jag när mina ögonlock blev tyngre och tyngre.

Jag vaknade av en känsla av att vara iakttagen. När jag slog upp ögonen stod alla tre och tittade på mig med himlande ögon och skakande huvuden. Till min förtrytelse hörde jag en snarkning som avbröts abrupt och övergick i ett snörvlande ljud för att avslutas med sömndrucket smackande. Jag hörde också att ljudet producerades i min strupe och min mun. Jag avstod från inledningsfrasen jag tänkt ut innan jag somnade – att jag bara slutit ögonen en stund för att koncentrera mig. Det var Jenny som började. Det är alltid Jenny som får – eller snor åt sig första ordet. Och väldigt ofta det sista. Men hon började inte med att be om ursäkt för att de väckt mig utan i en anklagande ton.

"Här har vi kniven på strupen för att lösa ett djävulskt problem och du ligger och snarkar så att det hörs ut i trapphuset." Hon slängde en tidning rakt i ansiktet på mig. "Om du gnuggar sömnen ur ögonen orkar du kanske läsa det här." Hon ryckte tillbaka tidningen och skakade den hysteriskt.

Jag satte mig upp och tittade på artikeln hon stötte fingret mot som om hon försökte göra hål i papperet. Jag bad henne lugna sig och förklarade att allting löser sig om man bara tar det lugnt och systematiskt. Men lugn var något som inte skulle prägla den här dagen. Det förstod jag när jag läste med ögon som spärrades upp mer och mer. Artikeln handlade om ett mord i en lägenhet i Vasastaden. En manlig hyresgäst, 28 år, hade låst upp lägenhetsdörren och gått in. Innan han hunnit låsa från insidan hade någon trängt sig in och skjutit honom i bröstet. Lägenheten hade varit avspärrad för brottsplatsundersökning fram till klockan sex på kvällen eftersom ett annat mord begåtts där några dagar tidigare. Det nya mordet hade skett vid åttatiden. En granne hade hört skottet. Det fanns inga spår efter mördaren.

Jag kände mig alldeles tom. Jag erinrade mig att jag funderat på om det fanns någon maffia i Göteborg. Nu visste jag att det fanns något som liknade en maffia. Den hade krupit under skinnet på mig. Jag hade med egna ögon sett en av medlemmarna leta efter sitt offer. Namn som Cosa Nostra och Camorra dansade genom huvudet. Fast det var dumt tänkt. Det här var inte Neapel eller New York. Men brottslighet finns det så att det räcker och blir över. Sedan jag startat min deckaragentur hade det begåtts två mord som var relaterade till vårt fall. Tre om man räknade Lennart. Jag förstod att jag såg uppskakad ut när Jens tittade på mig på det där sorgsna sättet som får mig att känna mig som en gris på väg till slaktaren. Därefter flyttade han blicken till en annan tidning som låg uppslagen på soffbordet. Han tog upp den och ögnade igenom korsordet som jag försökt lösa. Så gör han alltid. Han tror att jag inte kan lösa korsord. Han stötte fingret mot sidan precis som Jenny gjort med den andra tidningen.

"Hur kan du skriva 'tarm' när lösenordet är 'image'?"

Han gav mig tidningen och jag förklarade. I mage står det. I magen finns tarmar. Då sade han att vissa individer tycks ha tarmarna i huvudet. Jag återkallade dem till ordningen genom att ta fram min lilla röda och bläddra fram sidan med gåtorna. Jag förklarade också att nu var det bråttom. Vi hade den här dagen på oss. Jenny frågade om vi skulle börja med varsin tupplur. Sedan snappade hon åt sig tidningen med artikeln om mordet.

"Tänk om det här förbannade syndikatet känner till testamentet och att dom har lagt beslag på Martins kort. Då är inte en medtävlare borta, då har vi fått en annan i stället. En som är tio gånger värre än Martin."

Hon kunde ha rätt även om det var långsökt. Men varför skulle syndikatet vara värre. För oss var det samma läge. Hinna först. Jag reste mig och satte mig vid datorn innan Jenny gjorde det. För att ha något att göra skrev jag dofi i sökrutan. Jag fick lära mig att det finns ett café i Madison, Indiana som heter Dofi, att en försäkringsorganisation förkortas DOFI och att Detroit

Omega Foundation Incorporation också använder den förkortningen. Plus 16300 andra sökresultat. Internet är en välsignelse. Jens ställde sig bakom mig och läste ordet om och om igen med hög röst. Till slut sade han D of I som jag varit inne på tidigare men inte fått ut någonting av. Han uttalade det på engelska bara för att smaka på den varianten verkade det som. Hur fan skall det bli en fyrsiffrig kod av det. Ja, det var han som avslutade funderingen med de orden. Jag tittade på Jenny som satt sig på skrivbordet med ett ben dinglande i luften. Plötsligt såg jag att någonting hände i hennes huvud. Nej, jag såg inte in i hennes huvud – fasansfulla tanke – men hennes uttryck förändrades och ögonen började lysa och blinka. Fingrarna knäppte hysteriskt när hon försökte klämma fram det som tydligen höll på att växa som en ballong i skallen på henne. Engelska D of I hade satt igång den process som min skalle hade misslyckats med. Till slut exploderade ballongen.

”Thomas Jefferson!”

Jens och jag tittade på varandra som Jenny brukar titta på mig när jag ber att få tillbaka min cykel. Plötsligt knäppte Jens också till med fingrarna så att det ekade i rummet.

”Jenny, jag älskar dig!”

Jag hade aldrig trott jag skulle få höra de orden uttalas av Jens. Däremot hade jag ofta väntat på att Jenny skulle adressera den slitna frasen till honom. Fast inte i min närvaro. Jag såg henne skina upp och glittra med ögonen på sitt oemotståndliga sätt. Jens log också sitt charmörleende med smilgropar och charmigt ihopdragna ögon. Gulligt, tänkte jag och väntade på fortsättningen. Det kom ingen. Precis så hade de hållit på när de löste rebusen med geten. Utbytt information och tankar utan att säga ett ord. Tagit för givet att alla fattade. Då kände de inte Freddy Larsson. Mannen som inte finns. Descartes knackade mig lätt i bakhuvudet. Du finns inte, alltså fattar du inte. Madeleine kom till min hjälp. Hon fattade inte heller.

"Thomas Jefferson?"

Jens nickade beskäftigt.

"Declaration of Independence. USA:s självständighetsförklaring. Philadelphia 1776. Vårt kodnummer."

Självklart, hörde jag mig själv säga. Att vi inte kommit på det tidigare. Jag tänkte lägga till att Philadelphia är en god ost med lite hackad persilja på men då hade vi kommit ifrån ämnet igen. Och jag hade fått de där medlidsamma blickarna. Dessutom hade ordet persilja aktiverat Jens humoristiska ådra. Nu hade vi kortet och koden men vi visste fortfarande inte vad vi skulle göra med dem. Sista gåtan ARKIV återstod att lösa. Ett ögonblick tänkte jag googla på det ordet också men anade den hånfulla responsen 'sökningen gav fyra miljoner resultat'. Så jag avstod. Jag beslöt att återgå till det trevligare ämnet mord.

"Vore intressant att höra vilka funderingar Robertson har kring det senaste mordet. Är han säker på att det är syndikatet som varit framme?"

Jens ryckte på axlarna.

"Vem annars? Anna-Lisa? Mona?"

Omnämnandet av Anna-Lisa rörde om i mitt huvud. I Madeleines också kunde jag se. Var den omvittnat häxlika damen bara en passiv åskådare till morden på sina bägge söner? Var hon förkrossad eller ruvade hon på hämnd? I så fall hämnd på vem? Om Martin hade riggat geväret som sköt ihjäl Donald så hade det mordet hämnats av den som sköt Martin. Och varför hämnas på en kallblodig mördare som Martin. Dubbelmördare om det var han som haft ihjäl Lennart. Om teorierna stämde

194

hade ödet fixat alltihop på egen hand. Och syndikatet hade gjort sin avskräckande manöver. Är du skyldig oss pengar så se till att du betalar. Annars får du betala på ett sätt du inte tycker om.

Och hur ställde sig Mona till händelseutvecklingen? Trodde hon att hon var ensam kvar på banan nu? Ja, nästan ensam i alla fall. Jenny hade förstått under sina samtal med unga fröken Pierre Dumont att hon inte tog Madeleine på allvar. Snygga blondiner som Madeleine måste vara korkade. Det skulle också innebära att hon inte betraktade tiden som ett spöke som jagade henne dygnet runt. Vore bra för oss om det förhöll sig på det sättet. Jag föreslog att vi skulle hålla oss till den hypotesen tills motsatsen bevisats. Därmed tillbaka till syndikatet som tänkbar medtävlare. Har de tillgång till testamentet och kortet? Kan de lösa gåtorna på egen hand? Det gick inte att lösa dem utan kunskap om Carls konstintresse. Plötsligt blev jag medveten om att alla var tysta och tittade på mig. Jag förstod att jag hade mumlat igen. Började faktiskt känna mig lite gaggig. Min mormor hade också pratat högt för sig själv. Men hon hade varit halvdöv så hon hade inte mumlat utan pratat högt och tydligt för att själv höra vad hon sade. Jag hoppades att det inte var något ärftligt och att jag var på väg att bli likadan. Men än så länge hör jag bra. Mormor hade närmat sig nittio när hennes ovana hade blivit en plåga för omgivningen. Den här gången var det Jens som återkallade oss till verkligheten.

”Det kan vara så men vi kan inte ta något för givet.”

Han tog tydligen vid där mitt mumlande hade dött ut precis som om jag pratat högt i diskuterande ton. Men jag förstod inte vilken av trådarna han drog i. Jag gissade att det handlade om syndikatets tillgång till lösningen. Vad hade jag sagt om det? Eller mumlat. Eller hade han

svarat på det jag verkligen frågat. Om Robertson trodde
att syndikatets man hade skjutit Martin eller om polisen
hade andra spår att gå efter? Madeleine hade inte sagt
mycket. Hon brukade inte säga mycket. Kanske tänkte
hon desto mer. Men nu lade hon sig i med ett inpass
som jag inte bara förstod utan instämde fullkomligt i.

"Jag är hungrig."

Alla var hungriga. Tydligen hade mina ägg och korvar
bara dämpat det värsta suget. Jenny tog ledningen ut ur
kontoret.

"Det finns ett ställe neråt Park som jag inte har testat.
Inte långt från konserthuset. Mona sade att det är okej.
Det ligger på den där gatan som smyger sig ner från
Engelbrektsgatan. Vad heter den?"

Hennes blick vandrade runt men ingen kunde hjälpa
henne. Hon förtydligade med att den ligger snett emot
universitetsparken. Det hjälpte inte. Alla visste vilken
gata hon menade men ingen kom på vad den heter. Och
det är ingen obetydlig gata. Hur känd som helst. Men så
är det med göteborgare och gatunamn. Ingen kan dem.
Utom breda Avenyn som hela Sverige känner till. Det
var inte förrän vi stannade till på trottoaren strax bor-
tom Vasakyrkan som vi kom på det. Och det tack vare
att vi kunde läsa namnet på en skylt. Vi tittade lite gene-
rat på varandra. Det var ett namn eller ett ord som tor-
terat oss i dagar. Arkivgatan. Restaurangen som vi stod
utanför en stund senare hette Familjen på Arkivgatan.
Tidigare hade den hetat bara Arkivgatan kom vi ihåg
och Jens och jag kom till och med ihåg att vi hade varit
där och tuggat i oss var sin pepparstek.

De hade just öppnat för lunch. Ruschen hade inte
börjat och vi valde en avskild plats vid ett fönster.
Namnet familjen var förmodligen tänkt att leda tankarna

till hemlagat och mammas köttbullar men mina tankar leddes till familjen Corleone i filmen Gudfadern. Eller ännu värre, familjen Pierre Dumont. Men det berodde nog på att jag just nu associerade allting med mord och maffia och syndikat. Just när vi satt oss ringde min mobil. Jag hade glömt att stänga av den som jag brukar göra på restauranger. Jag måste ha sett förskräckt ut när jag lyssnade för plötsligt såg alla förskräckta ut.

Det var Robertson. Han lät upphetsad. Om det är något jag har svårt att förknippa med den personen så är det upphetsad. Han berättade kort att han ville träffa mig. Han ringde från mobilen och befann sig i en bil på Vasagatan. Jag berättade var jag fanns och han sade att han skulle vara där om några minuter. Jag hann inte fråga vad det gällde innan han ringde av.

Jag berättade med låg röst och till och med Jenny lyssnade koncentrerat. Vi spekulerade en stund men kom inte på några bra förklaringar till varför han ville träffa oss. Min hjärna fungerar inte bra när magen är tom. Den fungerar inte särskilt bra när magen är full heller men så är det med magar. De styr våra liv. Hela det inre systemet kollapsar om de inte fungerar. En tom mage skall aktivera smaklökarna och få oss att längta efter något att sätta tänderna i. En full mage skall få oss att känna oss belåtna och lite sömniga. Jag har en teori att många vansinniga beslut av makthavare beror på att deras magar varit för tomma eller för fulla i fel ögonblick. Jag vågade inte framföra mina funderingar eftersom ordet sömnig kunde aktivera de giftiga tungorna. För att ha något att göra medan vi väntade på maten och på Robertson tog jag upp min lilla röda och skrev arkivgåtan på en tom sida. Jenny satt bredvid mig och läste vad jag skrivit. Det fanns ingen tanke bakom ordet.

197

Pennan hade krafsat ner bokstäverna av sig själv. Hon måste naturligtvis kommentera.

"Du skriver ner var du befinner dig så att du kommer ihåg det om en timme? Arkivgatan. Så jobbar den knivskarpa deckarhjärnan. För en stund sedan var du på Vasagatan. Skall du inte skriva det också?"

"Det står arkivgåtan med å. Och jag skrev det för att det är bråttom att lösa den gåtan. Lösningen till hela spektaklet."

Nu såg jag att det började röra sig i hennes huvud igen. Precis som på deckarkontoret när hon hade skrikit Jefferson. Som vanligt vände hon sig till Jens.

"Gåtan? Gatan? 105.3V?" Hennes hand började vagga som om hon tänkte med den. Plötsligt tjoade hon rakt ut i luften. "Där har vi det!"

Jag tittade på henne som hon brukar titta på mig. Som en servitris tittar på en gäst som inte kan betala notan.

"Har vadå? Vi har haft gåtan hela tiden men inte lyckats lösa den."

Nu vände hon sig till Madeleine med en upphetsad gest. Just då dök en stor kraftig gestalt upp vid bordets kortända. Jag förstår inte hur en så stor person kan närma sig ett bord så obemärkt. Gestalten ryckte till sig en stol från bordet intill och satte sig. Han spände ögonen i oss allihop. Jag förstår inte heller hur man kan spänna ögonen i fyra personer på en gång utan att röra blicken men han lyckades. Kommissarieutbildningen igen, gissar jag. Vidvinkelstirrande. Hans röst var dämpad men upphetsningen var tydlig.

"Vi letar efter Barbola Szabor. Det är bråttom. Vi tror att hon har kortet och att hon har löst alla gåtorna. Vi måste ha tag i henne. Och det måste ni också. Annars är Madeleines pengar borta. Har ni löst rebusarna?"

Jag såg nog ännu mer förskräckt ut än för en stund sedan och kände att mitt huvud skakade. Inte för att meddela Robertson att vi inte löst gåtorna utan av upphetsning. Jenny hoppade upp från sin stol.

"Kom igen!" Hon nickade åt Madeleine. "Har du kortet? Skynda dig! Jag förklarar på vägen." Hon gjorde en vinkande rörelse åt Robertson. "Du också!"

Madeleine flög upp och de två tjejerna lämnade lokalen i hög fart tillsammans med Robertson. Jens och jag tittade på varandra. Ingen annan än Jenny skulle komma på tanken att kommendera en kommissarie på mordroteln att följa med. Och i den tonen. Det brukar vara kommissarien som säger 'följ med här' fast i betydligt lugnare ton och med ett annat syfte. Vi reste oss också och lunkade efter. Innan vi gick ut meddelade vi servitrisen att vi skulle återkomma. Hon såg inte ens förvånad ut.

När vi kom ut på gatan tittade vi oss omkring. Ingen skymt av flyktingarna. Vi sprang fram till närmaste gathörn och såg dem försvinna över en annan bredare gata in mot den smalare gatan på andra sidan. Vi sprang dit och läste på skylten att vi fortfarande befann oss på Arkivgatan. Jag kände att min kondition inte var på topp när vi tog upp jakten. En bit längre bort såg vi de tre stanna utanför en port, läsa på en skylt och därefter skynda sig in i porten. Jag flåsade tungt när vi kom fram till samma port. Den var låst. Det fanns en tavla med namnskyltar och nummerknappar. Men till det behövs en kod. Polis och räddningspersonal har en egen kod. Men den kunde inte vi. Vi tittade på varandra som två idioter. Vad gör vi nu? Men vi hade tur. En äldre dam kom just ut ur porten. Hon tittade inte på oss utan in mot trapphuset som om det pågick någonting därinne som hon inte förstod. När vi trängde oss in protesterade hon men jag avbröt med förklaringen att vi var poliser. Hon såg inte ut som om hon trodde mig men då var vi redan inne i vestibulen. Jag hade sett nummer 105 i snirkliga gammaldags bokstäver på en glasruta ovanför porten och kom ihåg att just de siffrorna följts av 3V på dokumentet. Tredje våningen. Vi skyndade oss upp och kom till den avsatsen precis som en dörr med nyckelkortlås slog igen. Jag knackade upphetsat och dörren öppnades av Robertson som vinkade in oss och stängde snabbt igen. Han kontrollerade noga att dörren gått i lås. Jag förstod inte den åtgärden just då men jag skulle göra det en stund senare. Vi hamnade i en hall där vi tittade oss omkring medan vi pustade ut efter språngmarschen uppför trapporna.

Alla lägenheter från den tiden är stora. Även om de bara består av två rum som den här. Dörrar som stod öppna ledde från hallen till de andra rummen. Jag hörde att det rumsterades i de inre rummen och kikade in i ett av dem. Vardagsrummet förstod jag. Madeleine var just på väg till ett annat rum medan Jenny låg på knä och tittade under soffan. Jens och jag klev in i rummet och kände oss lite förvirrade. En stund senare återvände Madeleine från sovrummet med besviken min. Jag gick ut i köket och tittade mig omkring. Robertson befann sig också där och förklarade att han redan undersökt städskåp och tittat inuti och under den gamla kombinerade pinn- och bäddsoffan. Jens grävde i en garderob i hallen. Det fanns två dörrar som såg ut att gömma sådana utrymmen. Men även han återvände med tomma händer och skakande huvud.

Vi slog oss ner i stolar och soffor i stora rummet för att fundera. Jag frågade Robertson varför det var så bråttom och han berättade att polisen misstänkte att det var Barbola som hade skjutit Martin. De hade haft sällskap upp till lägenheten, Martin hade troligen bett henne hålla pistolen medan han låste upp ifall syndikatets man var dem i hälarna. Hon hade gått in efter honom och skjutit honom i bröstet med hans egen pistol och sedan rusat ut igen. Upprinnelsen till den teorin var att Martin inte hade dött med en gång utan hade krafsat ner meddelandet Barb 38 på golvet i hallen. Det hade gjorts med en finger i dammet under en byrå. Polisen hade tytt orden som att Barbola hade skjutit honom med den Beretta 38 han själv hade köpt på svarta marknaden. Pistolen var borta. Antingen hade Barbola gjort sig av med den eller hon bar omkring den i sin handväska. Han hade precis hunnit berätta det här när vi hörde någon pröva dörrhandtaget. Vi tystnade och spred oss i rummet så att ingen kunde se oss från ytterdörren. Robertson rörde sig mot hallen och ställde sig bredvid den dörröppning som var strategiskt mest lämplig. Han drog fram sitt tjänstevapen ur axelhölstret innanför kavajen med en van rörelse. Vi höll andan när vi hörde dörren öppnas. Någon gick med tysta steg in i hallen och stannade där. Jag gissade att personen lyssnade lika intensivt efter ljud som vi. Jag förstod också varför Robertson varit noga med att låsa dörren. En öppen eller olåst dörr hade gjort besökaren misstänksam. I precis rätt ögonblick klev Robertson ut i hallen och röt att han var polis. Vi hörde honom även ropa att personen skulle släppa sin pistol. Därefter dunsen av just det föremålet när det föll på den tjocka mattan. Han återvände till stora rummet med en dödsförskräckt kvinna som han höll i ett stenhårt grepp i armen. I andra handen höll han sin pistol. Han gav mig en snabb order att ringa ett nummer på min mobil. Jag knappade nervöst in siffrorna som sprutade ur honom. Signalen gick fram med en gång och jag kände igen Bronsbergs raspiga röst. Jag förklarade situationen och var vi befann oss. Bronsberg lovade att vara där inom några minuter.

Så mycket hade aldrig hänt på så kort tid i mitt liv. Jag var uppskakad. Freddy Larsson som inte brukade märkas befann sig plötsligt i händelsernas centrum. Deckaren som hjälper till att fånga mördare. Jag såg rubrikerna. *Dödsföraktande privatspanare hjälper polis. Hänsynslöst självuppoffrande privatdeckare löser mordgåta. Hjälte griper in och räddar poliskommissarie.* Robertson placerade Barbola på en pinnstol som han ställt mitt i rummet. Han rabblade upp ramsan om rättigheter jag hört i så många filmer och läst i så många böcker. Men den fick en helt annan substans och klang när människan den var riktad till spärrade upp sina ögon till små tefat innan hon kastade ansiktet mot händerna och började snyfta hysteriskt. Ingen skådespelare jag har sett har varit i närheten av den förtvivlan som skakade den här personens hela uppenbarelse i det här ögonblicket. Ordet ånger fick också en ny innebörd i min personliga ordbok. Och hon hade anledning att ångra sig. En enda dumhet, troligen en ögonblickets ingivelse hade förstört hennes liv. Och Martins. Ett nytt buller i hallen annonserade Bronsbergs ankomst. Han måste ha kört omkring i närheten. En kollega i tungviktsklassen gick bakom honom. Den store mannen grep Barbola i armen efter en nickande signal från Robertson. Jag såg Bronsberg böja sig och ta upp pistolen i hallen och lägga den i en plastpåse som han stoppade i fickan. De tre lämnade lägenheten utan att göra mer väsen än när man går hemifrån på vanligt sätt. Lugnet sänkte sig över vårt sällskap igen. Åtminstone det yttre lugnet. Inombords fortsatte tumultet. Och inte bara i mitt inre kunde jag konstatera med blickar på kritvita ansikten. Jenny hämtade sig först.

Hennes bekymmer rörde naturligtvis den monetära sidan av saken. "Vi har fortfarande inte hittat pengarna."

Robertson ryckte på axlarna och stoppade tillbaka anteckningsboken han skrivit i en lång stund. Han förklarade att den saken hade polisen inte med att göra. Han tackade för vår hjälp och berömde Jenny för hennes snabba uppfattning och för lösningen av sista gåtan. Han såg uppriktigt imponerad ut. Han till och med log när hon tackade för berömmet med det där leendet som känns ända ner i knäna på försvarslösa män. Tydligen hade hon brett på ordentligt när jag varit utom hörhåll. Jag insåg att det var fel ögonblick att påpeka att hon bara hade haft tur och att det var mina funderingar kring gåta och gata som lett fram till lösningen. Innan Robertson släntrade ut i hallen bad han mig hålla kontakt för delande av information och detaljer kring gripandet och för att meddela om vi hittat pengarna. När han hade försvunnit ut i trapphuset undrade jag förstrött om det skulle gå att anmäla stöld av pengar som aldrig hittats och som det inte gick att bevisa om de var stulna eller upphittade av någon annan legitim arvinge. Det ledde mina tankar till ämnet kusin Mona och hennes giftiga mor. Tänk om de två slagit sig ihop och om de hunnit först lika förbaskat. Om Barbola kunde lösa gåtan skulle andra också klara av det. Det vill säga att de skulle kunna anlita någon som kunde lösa den. Vi spred oss igen och letade utan att veta vad vi letade efter. En väska? En låda? Hur mycket plats tar en miljon i kontanter? Tusen tusenlappar. Tvåtusen femhundralappar. Borde få plats i en plastkasse eller en liten resväska av kabintyp. Jag gick ut i köket och tittade med trött blick på inredningen. En inbyggd kyl/frys befann sig närmast fönstret. Jag öppnade kylskåpet. Så tomt ett kylskåp kan vara. Frysen likaså. Strömmen var inte påslagen och det kändes ljummet i båda utrymmena. Ingen hade bott i lägenheten sedan Carl varit i livet. Jag gissade att han haft den som en tillflykt när han ville vara ifred. Jag öppnade städskåpet. Förutom en dammsugare och några trasor var det också tomt. Jag strosade tillbaka till stora rummet. En laptop låg hopfälld på ett litet skrivbord. I samma ögonblick kom Jenny in i rummet. Hon såg lika modfälld ut som hon lät. "Allt det här till ingen nytta."

Jag förstod henne. Vi var lika deprimerade allihop. Hon öppnade laptoppen och tryckte på startknappen. Den surrade igång men vad skulle vi hitta på den. Siffror och statistik om finansbranschen och vinstprognoser och kurvor angående börsutvecklingen i London kontra börsutvecklingen i New York och Tokyo. Inget användarnamn behövde anges utan skrivbordet poppade fram direkt. Skrivbordsunderlägget bestod av en förstorad bild av Madeleines vackra leende ansikte. För övrigt var det tomt på ikoner så när som på papperskorgen. Jenny klickade fram dokument. Tomt. Bilder likaså. På musik låg bara de standardfiler som var installerade i förväg. Hon öppnade den första och upptäckte en fil som lagts till. Den hette Madeleine. Vi ropade på henne. Hon och Jens kom in från sovrummet och ställde sig bakom Jenny. Jenny öppnade filen. Det var en ljudfil. Plötsligt hörde vi Carls röst. Det kändes lite spöklikt efter allt den mannens testamente ställt till de senaste dagarna. Det var en vänlig och samtidigt myndig stämma. Vi lyssnade andäktigt.

"Hej Madeleine. Jag förstod att du skulle hinna först. Gratulerar. Pengarna finns i ett bankfack på Nordeas kontor i nordstan. Bankfacket är i ditt namn. Numret är detsamma som koden till nyckelkortet. Din nyckel till bankfacket är tejpad upptill i ugnen i köket. Lev väl. Din Carl."

Jag undrade om det bara var jag som var skärrad. De andra såg ut som om de ville dansa en krigsdans för att fira. Min oro gällde inte vad som hänt utan vad som hade kunnat hända. Eller inte hända. Om inte Jenny satt sig vid datorn och om hon inte klickat på ikonen musik hade vi gått härifrån lika tomhänta som vi kommit. Jag måste erkänna att jag aldrig hade brytt mig om att klicka på musik och dessutom klicka mig vidare via andra filer och ikoner. Så nära var det att pengarna aldrig kommit fram till rätt ägare. Ett tursamt klick på en annan persons dator. Och tänk om någon annan kommit först. Och om denne någon hade upptäckt att pengarna var oåtkomliga för alla utom Madeleine. Vilket raseriutbrott hade det föranlett? Varför inte skriva testamentet så att hon fick pengarna direkt? Kusinerna hade varit uträknade från början och om Barbola dykt upp på banken och kallat sig Madeleine hade polisen tagit henne där istället. Frågor och skräckscenarion tumlade runt i mitt huvud så att jag var tvungen att sätta mig. Och vem ägde lägenheten? En tvåa ett stenkast från Avenyn kunde betinga ett pris som motsvarade penningsumman i bankfacket.

Madeleine återvände från köket med nyckeln till bankfacket. Jag lugnade mig och slog fast med en svepande blick att det var bara i mitt huvud det spökade. Pessimisten Freddy. De andra bubblade av lycka. Vi kom överens om att lyckat deckararbete befrämjar aptiten och bestämde att återvända till restaurangen. När vi stod i trapphuset och jag skulle stänga dörren hejdade Madeleine mig. Hon sprang in och kom tillbaka med laptoppen under armen.

Vi fick samma bord. Servitrisen hade hållit det åt oss fast restaurangen var full av lunchgäster. Jag för-

sökte räkna ut hur länge vi varit borta men kunde inte få
ihop det. Jag hade inte tittat på klockan när vi gav oss
iväg och jag hade fortfarande ingen aning om hur myck-
et den var. Mitt armbandsur hade stannat upptäckte jag
när jag försökte skapa klarhet i frågan.

När vi bänkade oss runt bordet första gången hade
luften dallrat av dramatik och obesvarade frågor. Nu var
vi helt avslappnade och nöjda och glada. Jenny berättade
att hon kommit på lösningen när hon läst mitt taffliga
arkivgatan och arkivgåtan. Jag hade inte kunnat stava
som vanligt men för en gångs skull hade min obildning
varit till nytta. Gåtan var gatan. Arkivgatan 105 tredje
våningen. Allt detta hade jag förstått när vi gick upp till
lägenheten. Det hade bara funnits en lägenhet på det
planet med nyckelkortslås. Hon tystnade och tittade på
Madeleine.

”Vilket namn stod på dörren?”

Jens och jag hade inte heller lagt märke till det i upp-
hetsningen. Madeleine förklarade att det stod Carl Pers-
son. Inte Anna-Lisas förnäma Pierre Dumont. Kanske
en markering att Carl aldrig uppfattat sig som någon
annan än Carl Persson från Gröna gatan i Majorna. Och
att han ville att pengarna skulle stanna i familjen Pers-
son. Och det hade de gjort. Vi var så uppspelta att andra
gäster kastade blickar åt vårt håll. Vi log och nickade
tillbaka. För att fira beställde vi en flaska sekt. När jag
lyfte glaset och tittade in i Madeleines ögon såg jag en
glimt jag inte sett tidigare. Jag trodde att den var ett
utslag av bubblande lycka och fäste mig inte. En stund
senare tittade vi på varandra igen och jag såg samma
blick. Samtidigt kände jag någonting skrapa mot mitt
underben. Jag trodde att det var Jens som råkat sparkat
till med sina långa ben och brydde mig inte. Hade jag
tittat på Jenny som satt bredvid mig hade jag sett två

206

forskande ögon som vandrade mellan mitt och Madeleines ansikten. Och ett spjuveraktigt leende. Men jag tittade inte på henne just då. Det var senare jag fick reda på att hon studerat våra ansikten på just det sättet.

Maten anlände och vi beställde en flaska rödvin till de möra biffarna. Jens kastade fram förslaget att tanken bakom Carls konspiratoriska testamente kunde vara skattetekniskt. Om pengarna fanns i kontanter i bankfacket kunde man välja själv hur mycket man ville släppa ifrån sig till skattmasen. Madeleine tyckte inte det lät helt lagligt. Men det var inget som bekymrade henne eller oss just nu. När vi rundade av med en kopp kaffe slog det mig att jag bedrev affärsverksamhet och att jag måste prestera en slags räkning för utfört arbete. Samtidigt slog det mig att det inte skulle genera Jenny att presentera en räkning för hennes arbete. Adresserad till mig. Och Jens hade bidragit, visserligen mest med sarkasmer men några korn hade spillts på deckararbetet också. Mitt i mitt djupa tankearbete kände jag att det skrapade mot underbenet igen. Jag skulle just be Jens hålla sina fötter för sig själv när jag tittade ner mot golvet och såg båda hans skor stadigt placerade på golvet vid sidan av bordet. Han hade vridit sig för att få plats med de långa benen. Jag tittade förvånat på Madeleine som satt snett emot mig och jag såg den där blicken igen. Jag tittade förvånat, först på henne, sedan på Jenny och upptäckte den spjuveraktiga blicken jag aldrig sett i de ögonen förut. Jag suckade och undrade om hon och Madeleine höll på att koka ihop någonting. Jag erinrade mig en misstanke jag haft tidigare att de två skulle sticka iväg på semester och tillbringa några veckor på Rio de Janeiros lyxigaste hotell. Jag sökte Jens blick men han noterade ingenting annat än att hans vinglas var tomt. Han fördelade de sista dropparna i flaskan innan han lyfte glaset och skålade för den lyckliga utgången av fallet med den vackra Madeleine. Alla höjde sina glas och när vi satte ner dem tittade Madeleine på mig igen på det där mjuka inbjudande sättet. Nu började jag bli konfunderad. Kunde det vara så att…nej, det var något annat hon ville få fram med sitt minspel. Jag återgick till mitt funderande kring räkningar och avgifter. Mannen som bara finns i en sjuk hjärna göre sig inga illusioner om skönheter som vill visa lite tacksamhet för väl utfört och en smula tursamt arbete. När vi en stund senare stod utanför restaurangen var vi fortfarande uppspelta. Jenny vinkade till sig en taxi och innan jag hunnit bestämma om jag ville följa med hade alla tre hoppat in och bilen försvann runt det hörn vi hade rundat två gånger till fots. Jag kände mig alldeles tom i huvudet. Mannen som inte finns är dessutom för långsam. När jag en stund senare promenerade mot deckarkontoret funderade jag på allt som hänt de senaste två timmarna. Det var som en hel roman. Det som flimrade mest på näthinnan var alla ansiktsuttryck jag sett och lidit med eller glatts med eller oroats av. Barbolas förtvivlan, Madeleines glädje som varit så jublande att hon gett mig konstiga inbjudande blickar, Robertsons granithårda effektivitet som avspeglat sig i det lugna gripandet av Barbola, Jennys sprudlande charm när vi berömt henne för lösningen av sista gåtan och hur hon tagit initiativet och till och med kommenderat Robertson att hänga med henne. Att Jens kunde se skakad ut. Och Jenny igen när hon hittat pengarna via datorn. Jag genade genom universitetsparken och stannade för att samla tankarna under ett lummigt träd. När jag tittade ner mot Vasakyrkan såg jag två kvinnor skynda mot Arkivgatan och svänga in där jag just traskat förbi. Jag skärpte mina sinnen när jag kände igen Anna-Lisa och Mona Pierre

Dumont. De hade verkligen bråttom. Jag undrade vart de var på väg och beslöt att följa efter på avstånd. Deckarinstinkten jag lagt mig till med hade börjat styra mina handlingar och göra mig till ett viljelöst redskap. De stannade till på den bredare gatan och tittade sig vilt omkring innan de fortsatte i samma takt mot den fortsättning av Arkivgatan där vi slunkit in med Robertson. Nu visste jag vart de var på väg och skyndade mig ner mot det gathörn där jag visste att jag skulle kunna iaktta dem. När de gick in i rätt port – tydligen med hjälp av nyckelkortet – smög jag in och ställde mig i en portgång på andra sidan gatan och väntade. Det tog en kvart innan de kom ut igen. De såg upprörda ut och gestikulerade vilt. Det slog mig att vi inte tänkt på att stänga och låsa lägenhetsdörren ordentligt när vi gick därifrån. Damerna Pierre Dumont hade förstått. Någon hade varit före dem. De kastade en blick åt mitt håll när de gick tillbaka men det fanns inget igenkännande eller misstänksamt i deras beteende. Bara irritation. Mannen som inte finns var i sitt esse. Varken synas eller höras. Jag hörde deras upprörda röster men jag kunde inte höra vad de sade. Jag har sällan känt mig så tillfredsställd som när jag lunkade hemåt via Vasagatan. Vi hade slagit Barbola med några minuter och vi hade slagit Mona med en och en halv timma. Jens förutsägelse att testamentet kunde ställa till med allt möjligt djävulskap hade besannats. Men det var vi som hade kämpat oss upp ur gyttjan med näsorna över ytan.

Demokratin har ett inbyggt problem. Majoritetsprincipen. Om man skalar bort alla vackra ord fungerar det så här: om girigheten är i majoritet (sannolikt) så bestämmer girigheten, om klokheten är i majoritet (mindre sannolikt) så bestämmer klokheten, om dumheten är i majoritet så bestämmer dumheten. Och där är vi inne på mitt område. Det är dumheter jag har ägnat mig mest åt under mitt liv. Nej, så får jag inte uttrycka mig ens i tankarna. Jens hakar genast på. Jag kan höra hans röst dunka mot trumhinnan. *'Girig, klok, dum? Varför blir jag inte förvånad att du väljer dum'.* Skulle han säga i förströdd ton samtidigt som han lyckades se insinuant ut trots en helt neutral min. Eller tack vare en neutral min. Och när det var gjort skulle han polera sina naglar mot kavajslaget, granska resultatet och börja vissla. Tango av Albéniz. Hans favorit när han vill antyda outtalade kvickheter. Men han lyssnar aldrig tills jag har pratat färdigt. Det jag vill säga den här gången är att när jag läser vissa inlägg på internet så önskar jag att det fanns ett fönster som poppade upp vid lämpliga tillfällen och sade *'du är för dum, ditt inlägg stryks!'* Nu invänder förstås vän av ordning med påpekandet att det räcker med att andra bloggare ser till att man blir idiotförklarad. *'Alla som inte tycker som jag är dumma i huvudet'.* Underförstått i vartannat inlägg. Nej, jag menar något som borde programmeras in i den kloke idioten datorn. Ett program som Bill Gates och hans pojkar gör så objektivt det går i en subjektiv värld. Om man får ett sådant meddelande kan man inte säga till datorn att *det här begriper inte du* utan man måste acceptera att man är för dum. Jag skulle få det meddelandet en gång i timmen. Åtminstone skulle jag få det om jag hade skrivit det jag just var på väg att säga till mannen mittemot mig, kommissarie Robertson. Samtidigt kom jag att tänka på något Jens sagt en gång med den där tragiska glimten i sina ögon. Jag tror han kommenterade mitt beslut att låna ut cykeln till Jenny. 'Jag hade gjort likadant, Freddy. Om jag hade varit lika korkad som du'. Nu hörde jag mig själv säga något som bekräftade det omdömet.

"Jodå, vi hittade pengarna, men vi vet inte var dom är. Det vill säga jag vet inte var dom är. Utom i ett bankfack."

Jag kom nämligen att tänka på medan jag pratade att Madeleine kanske inte ville att det skulle komma till myndigheternas kännedom att hon var ägare till tre miljoner plus femtiotusen efter Lennart. Jag tystnade alltså och tittade dumt på polismannen. Han tittade tillbaka. Fast inte dumt. Snarare granskande medan han gjorde den där långa enerverande pausen som ingår i hans psykologi.

"Fröken Perssons mellanhavande med skatteverket lägger vi oss inte i så länge det inte finns misstanke om oegentligheter. I så fall meddelas polisen. Men inte mordroteln."

Nu såg jag nog ännu dummare ut. Som man ser ut när man försöker skydda en skattesmitare. Det hade inte varit min avsikt. Jag har nog att göra med att smita från mina egna skatter. Det var i det här ögonblicket jag fick idén om rutan som poppade upp. *Du är för dum, ditt inlägg stryks.* Fast jag hade helst sett att beskedet kommit

medan inlägget fortfarande befann sig på formulerings-
stadiet i mitt huvud. Jag arbetade febrilt på att tänka ut
ett svar eller en fortsättning. Jag kom inte på någonting.
Det gjorde Robertson. "Var är Madeleine Persson?"

Jag visste inte det heller. Jag hade försökt få tag i
henne sedan vi skildes åt utanför restaurangen men hon
bodde inte hos livvakten Jenny längre. Jenny visste inte
heller var hon fanns. Vi visste bara att hon sagt upp sin
lägenhet och flyttat. Robertson fortsatte att titta på mig
med samma tunga frågande blick. Om jag sade att jag
inte visste var hon fanns skulle han inte tro mig. Inte
efter den stammande inledningen om var pengarna
fanns eller inte fanns. Faktum är att jag hade tänkt fråga
honom samma sak. *Var är Madeleine?* Om jag gjorde det
nu skulle han tro att jag försökte villa bort honom. Den
enda person jag kan villa bort är mig själv. Men det är
jag desto duktigare på. Som tur var ringde hans telefon
så att jag fick tid att tänka en stund.

Främsta anledningen att jag ville ha tag i henne var att
jag behövde en adress att skicka en räkning till. Men det
kunde jag inte säga till Robertson. Jag undrade varför
han ville ha tag i henne. Fallet var avslutat för polisens
del. Kanske behövde de kompletterande uppgifter. Jag
hade varit i kontakt med banken och frågat om hon
varit där. Det hade hon. Tjänstemannen som följt med
henne till bankfacket berättade att hon hade bara tagit ut
ett kuvert, läst innehållet och lagt tillbaka det. Men hon
kunde varit där flera gånger sedan dess. Så länge peng-
arna var kvar i bankfacket visste ingen annan om att de
fanns. Hon behövde bara gå dit då och då och hämta så
mycket hon behövde eller ville ha. Men om de bara låg
där fick hon ingen ränta. Tre miljoner kan ge en skaplig
avkastning om de placeras på rätt sätt. Kanske hade hon
räknat ut att hon skulle tjäna mer om hon slapp betala

skatt än om hon fick några procent i ränta. Robertson avslutade sitt samtal och satte ögonen i mig igen. ”Varför kom du hit, Larsson?”

Jag tror jag har nämnt tidigare vad jag tycker om direkta, överrumplande frågor. Försåtliga frågor som Jens älskar att slänga ur sig. ’Vad gjorde du igår?’ är en av hans favoriter. Hur skall man komma ihåg vad man gjorde igår. Jag vill att man skall arbeta sig fram till ärendet med trevare och sociala undringar som ’hur går firman’ eller ’vad kan jag hjälpa dig med’ eller ’hur mår din syster’. Sakta är min paroll. Jag log ursäktande.

”Jag tänkte bara meddela att testamentet fyllde sin uppgift. Pengarna är säkrade.”

”Fyllde sin uppgift? Det testamentet är orsak till tre mord! Vill du påstå att det var det Carl Pierre Dumont hade i tankarna när han skrev det?”

Jag hade bara menat att testamentet lett till att rätt person fått miljonerna. Jag berättade nervöst att jag fått syn på damerna Pierre Dumont och följt efter dem. Robertson verkade inte tycka att den informationen var värdefull. Jag försökte skyla över.

”I alla fall är morden lösta och mördarna bakom lås och bom.”

”Det är bara mordet på Martin som är löst. Vi misstänker på sannolika skäl att Martin lurade Lennart Persson att supa ihjäl sig men vi kan inte bevisa det. Det kallas inte att mordet är löst. Vad gäller mordet på Donald har vi inga bevis för att Martin begick det. Bara misstankar. Starka misstankar och indicier. Bland annat DNA som bekräftar. Men vi kan ändå inte utesluta att geväret har riggats av någon annan. Och om mördaren är död kan han inte förhöras. Kallas inte heller att mordet är löst.”

214

Min avsikt med nästa replik var att trösta och uppmuntra.

”Skönt i alla fall att mördaren själv blev mördad.”

Det gick inte heller så bra. Robertson pumpade upp sig med ett djupt andetag. Just det, pumpade upp sig. Han blev dubbelt så stor, tyckte jag.

”Du lyssnar inte, Larsson. Även om allt pekar på att Martin mördat både Donald och Lennart går det inte att bevisa att han har mördat någon. Tänk om han är oskyldig till båda morden. Då har vi en eller två mördare som går fria.”

Jag förstod att det resonemanget var den juridiska aspekten av saken och att Robertson var säker på att Martin var skyldig till båda morden. Fanns inga alternativ. Han kände sig bara tvungen att hålla uppe skenet av omutlig tjänsteman som följer regelboken hur bakvänt det än låter. Jag nickade stumt och väntade på fortsättningen. Robertson bytte tonläge, lutade sig tillbaka i sin stol och återtog normal storlek när han släppte ut luften ur lungorna.

”Det Carl Pierre Dumont uppnådde med sitt testamente var att halva hans familj utplånades och att en brorsdotter blev rik. Hade det gått att åtala författare till testamenten hade hjärnan bakom det här testamentet blivit föremål för utredning. Till hans försvar kan man säga att det inte går att förutse vad som far in i huvudet på folk när hat och girighet förlamar förståndet.”

Jag nickade utan att veta åt vad. Just nu kunde jag inte ens förklara för mig själv varför jag hade kommit hit. Jag bad en bön att han inte skulle upprepa den frågan. Så naturligtvis gjorde han det.

”Varför kom du hit, Larsson”?

Som jag antydde hade jag ingen aning om vad jag skulle svara. Vad väntade han sig att jag skulle säga?

Fallet var avslutat för min del utom på en punkt. Jag hade inte fått mina pengar. Och det kunde inte polisen hjälpa mig med. Om Madeleine inte dök upp igen hade allt arbete varit förgäves. Jag kom att tänka på Jennys indignation när vi letade desperat efter pengarna i lägenheten. I det ögonblicket hade vi tyckt att allt varit förgäves. En stund senare hade Jenny hittat uppgifterna på datorn. Då hade det inte varit förgäves. Så försvann Madeleine. Så nu var det förgäves igen. Men inte för Madeleine. Robertsons ord om 'girighet som förlamar förståndet' ekade i mitt bakhuvud. Mitt förstånd var totalförlamat. Men inte av girighet. Jag kunde inte tänka ut något annat att säga än att jag bara velat avlägga rapport. Som om jag varit en av hans underhuggare. När jag sagt det reste jag mig och tackade för samtalet. Det kom inget 'tack för besöket'. Bara en bistert nickande kommissarie. Jag gissade att i samma ögonblick dörren stängdes bakom mig skulle han glömma att jag varit på besök. Ärligt talat var visiten inte mycket att lägga på minnet.

Jag hade lånat en cykel som brukar stå parkerad på gården där jag bor. Ingen vet vem som äger den så den har blivit en slags gårdscykel. När man har ett kort ärende och inte har lust att gå tar man gårdscykeln. Men den kommer alltid tillbaka. Det är inget vackert fordon. Allting ser ut att vara hopplockat från cyklar man hittat slängda i diken eller fiskat upp ur kanaler. Framhjulet är betydligt större än bakhjulet så att man får en känsla av att cykla i uppförsbacke även i nerförsbackar. Men hjulen är så felställda att man inte har tid eller ork att fundera på upp- eller nerförsbacke. Den drar så hårt åt vänster att man måste uppbringa all muskelstyrka och koncentration för att hålla den kvar på vägen. Ett gnisslande ljud som påminner om en katt med svansen i kläm beledsagar vart tionde tramptag. När man cyklat en stund börjar man räkna tramptagen och om ljudet inte kommer just på det tionde känner man sig lurad. Men då återkommer det med fördubblad styrka på det trettonde. Det krävs starka nerver för att färdas på den cykeln. Kedjan är rostig och så slapp att den ständigt hoppar av. Broms förekommer inte. Det enda som inte är rostigt är sadeln av uråldrig modell. Den består av två njurformade delar som trycks ihop när man sätter sig och nyper till så att man skriker 'aj'. När man hör någon skrika 'aj' ute på gården vet man att gårdscykeln är upptagen. När jag kom ut från polishuset stod en uniformerad polis och tittade misstänksamt på den. Jag hade lutat den mot väggen. Han trodde säkert att den var stulen. Men det är den enda cykeln i stan som aldrig blir stulen. Har man inte lärt sig knepet att luta sig åt rätt håll i sadeln och att styra emot när den är på väg ner i diket skulle jag vilja påstå att den är trafikfarlig. Det var kanske det han stod och funderade på, att utfärda körförbud.

När jag en stund senare vinglade mot centrum ringde det på mobilen. Jag lyckades bromsa och till slut stanna med en fot i asfalten och den andra hoppande för att hålla balansen. Jag befann mig vid gamla Ullevi som är nyare än nya Ullevi men som byggdes där gamla 'gamla Ullevi' låg så den fick heta gamla Ullevi. Undrar om någon får betalt för att klämma fram sådana lösningar, hann jag tänka när jag pressade telefonen hårt mot örat eftersom en lastbil gasade förbi just då. Jag måste ha låtit nedstämd när jag svarade för rösten i andra luren tvekade en stund innan den frågade om den hade nöjet att prata med privatdetektiv Freddy Larsson. Jag ryckte upp mig och försäkrade att så var fallet även om jag inte trodde att det var något nöje. Ja, det sista sade jag inte. Hon – det var en mjuk kvinnlig stämma – undrade om jag hade tid och lust att ta mig an hennes fall. Hon förklarade vad det gällde och vi bestämde att träffas nästa dag. Plötsligt kändes allting lättare. Molnet som hängt en meter över mitt huvud löstes upp och plötsligt såg jag att det var en strålande vacker dag. Jag gick av och ledde cykeln för att vila mig. Människor som jag passerade på gångbanor och trottoarer såg inte lika sura ut som före samtalet. Freddys Agentur var inne på sitt andra fall efter att ha existerat två veckor. Jag kastade en blick på klockan när jag sneddade genom Brunnsparken på väg till stenpiren där jag skulle träffa Jens. De slänger ut honom tidigare på fredagar eftersom katedern behöver torkas av inför nästa vecka. Ja, han har inte sagt att det är anledningen men jag gissar att det är så. I vår fredagstradition ingår att koppla av en stund hemma hos mig, i någon park eller på någon bänk medan vi diskuterar vilken restaurang vi skall hedra med ett besök. Dagens utvalda bänk fanns som sagt på stenpiren och det skulle bli picknick med utsikt över älven. Ja, picknick var inte avtalat men det bestämde jag nu. Jag slank in i Nordstan och handlade räkklämmor och ostklämmor och skinkklämmor. Tre pilsner till Jens och två flaskor vatten till mig. Jag kan inte med att dricka mjölk på allmän plats annars är det alltid mitt första val när det gäller måltidsdryck.

Jens syntes inte till. Jag valde en bänk så nära vattnet som möjligt och lutade cykeln mot baksidan av bänken. Det är något speciellt att sitta nära vatten när solen skiner. Dra ner den friska saltmättade luften i lungorna, lyssna på skvalpet mot kajkanten. Sluta ögonen och känna hur det värmer i ansiktet. När jag ställde väskan med mat och dryck bredvid mig stannade en cykel bakom bänken. Jag tog för givet att det var Jens. Han har en likadan cykel som jag. Ja, inte gårdscykeln utan den tioväxlade som jag aldrig får en chans att cykla på. Fast hans har fler växlar. Jag brydde mig inte om att vrida huvudet för att bekräfta att det var han. Istället berättade jag vad som vankades och frågade om vi skulle börja med räkor eller skinka. Jag insåg att jag borde ha vänt mig när jag hörde en röst som var alldeles för ljus och glättig för att tillhöra Jens. Jenny naturligtvis. Hon dunsade ner på bänken och öppnade väskan. Jag erinrade mig att jag i ett svagt ögonblick nämnt att veckans träffpunkt var just här.

"Jag börjar med räkor ifall jag inte orkar mer än en."

"Ursäkta, jag väntar på Jens."

"Han ringde och sade att han inte kan komma."

"Varför ringde han inte till mig?"

"Hur skall jag veta det. Ge mig en Ramlösa."

Jag gav henne ingen Ramlösa. Jag hade köpt två halvlitersflaskor och dom var till mig båda två. Hon tog en själv och skruvade av korken.

"Vet du vad, Freddy. Jag börjar förstå varför tjejerna inte kan motstå dig och varför det är sådan kö till ditt sovrum."

Jag svarade inte. Hennes ton indikerade att hon var på sitt lekfulla humör. Outhärdlig med andra ord. Hon tog en jättetugga av räkklämman och jag hoppades att hon skulle kvävas. I det ögonblicket hörde jag ytterligare en cykel bromsa med ett gnisslande ljud. Ja, inte bara hörde utan såg den eftersom den stannade framför bänken. Jens glada danska nuna annonserade en sprallig figur till. Jag tittade först på Jenny. Ingen reaktion. Sedan på Jens.

"Jenny sade att du hade ringt henne och sagt att du fått förhinder."

Han dunsade ner bredvid henne och grabbade tag i den andra räkklämman. Innan jag hunnit protestera hade han tagit den första tuggan. Hans ord pressades ut mellan tuggorna.

"Jag har inte ringt. Den var förbaskat god den här. Var har du köpt den?"

Jag berättade var jag hade köpt den och att jag var glad att den smakade. Jag försökte lägga in så mycket syra jag kunde i min röst men det gick inte fram förstod jag när de började prata med varandra om något helt annat. Jag gick in i min roll som den obemärkte detektiven och gjorde det med större glädje än vanligt. Tyvärr försvann jag inte helt. Jenny gav mig en blick mellan två tuggor.

"Varför ser du sur ut? Tål du inte solsken och glada människor?"

Jag sänkte min röst till det mumlande jag blivit känd för. Den här gången hoppades jag att min bitterhet skulle dränkas av trafikbullret i bakgrunden. "Jag är förnärmad."

Jag hade tänkt säga att jag var förbannad men det lät lite hårt så jag ändrade till förtörnad men det lät dumt så jag ändrade mig en gång till. Till något ännu dummare. Gapskrattet meddelade att de hade uppfattat varenda bokstav. Blickarna de utväxlade gjorde inte saken bättre. Jenny borstade av sina byxor så att smulorna hamnade på mig. "Stackars lille Freddy. Ta en smörgås så blir det bättre."

Jag spelade upp en liten indignationsakt. Den började med att jag lutade huvudet i olika vinklar som om jag försökte få syn på någonting i väskan.

"Nej men hoppsan. Där ligger några smulor som ni har missat. Då är det bäst att skynda sig innan de också försvinner."

"Vet du vad Freddy. Innan du blir patetisk vill jag passa på och hälsa från en tjej som gjorde allt för att få dig intresserad men misslyckades."

Magister Jens fyllde i med att min pre-patetiska period låg så långt tillbaka i tiden att hans minne inte nådde dit. Han drog upp en burk öl ur väskan och kontrollerade noga innan han öppnade. Han vägrar att dricka något annat än danskt öl och inte vilket danskt öl som helst. Dyrt och starkt skall det vara. Det här blev godkänt. Men jag hade köpt det innan sarkasmerna började hagla. Om jag hade anat att jag skulle bli utsatt för verbala och andra övergrepp hade jag köpt svenskt lättöl som är det värsta han vet. Jag tog en tugga av ostmackan jag blivit tilldelad och tittade demonstrativt ut över älven. En lastbåt gled förbi på väg uppströms och vidare mot Vänern gissade jag. Den var så nära att vi kunde se folk inne på kommandobryggan. Jag hade inte fäst någon uppmärksamhet vid den om den inte haft en dansk flagga i aktern. Till råga på allt vinkade en matros vänligt åt oss. Han stod och hängde vid relingen och jag kunde se hans breda leende. Hans förbaskade gemyt gjorde att jag höll på att bli på gott humör. Det passade mig inte alls just nu när jag kämpade med sviterna efter smörgåstjuvarnas sammansvärjning. Det hjälpte inte att vända blicken åt andra hållet. Gemytligt leende danskar vart jag än tittade. Jag muttrade mellan tänderna.

"Vinka åt din landsman, Jens."

Jens grinade på samma sätt som matrosen och lyfte handen till en frejdig hälsning. Jenny sprack ut i sitt charmigaste leende och vinkade hon också. Det var nog henne matrosen fått syn på. Det mörka håret var delat i den där flickaktiga luggen. Jag vinkade också fast under protest. Det blev inte bättre när han ropade någonting på danska och Jens svarade på samma språk. Allting var så morsomt att jag mådde illa. Jenny hade druckit upp mitt vatten men var fortfarande törstig så hon grabbade tag i en av Jens ölburkar. Han till och med öppnade den åt henne så att hon inte skulle skada sitt söta lilla finger. Tänk att de kan vara så charmanta och kärvänliga och generösa. När jag betalar. Jag skulle just berätta vad deckarfallet kostat mig när Jenny avbröt.

"Skall jag hälsa tillbaka?"

Hälsa tillbaka? Till vem? Jag hade inte fått någon hälsning. Jag påpekade det och då sade hon precis det Robertson sagt en timma tidigare.

"Du lyssnar inte, Larsson."

Jo, hon sade faktiskt Larsson. Men det brukar hon göra när hon är på skojfriskt humör.

"Snyggingen du nobbade hälsar till dig."

Snyggingen du nobbade? Jag har aldrig nobbat någon tjej. Jag har aldrig tackat ja heller för den delen. Jag har aldrig blivit tillfrågad om varken det ena eller det andra. Och skulle jag bli tillfrågad finns inte nobba med på agendan. Jenny kvittrade på.

"Hur mycket artilleri behöver du för att fatta? Madde gjorde allt utom att fråga rakt ut om du ville ha lite trevligt med henne."´

Madde? Madeleine? Vad hade hon gjort? Jag kom att tänka på de konstiga blickarna jag fått på restaurangen. De som jag uppfattat som ett uttryck för överdriven tacksamhet. Hade det funnits ett annat budskap? I så fall, hur skulle jag veta det. Jag log blekt.

"Skoja inte om sådana saker, Jenny. Kvinnor som Madeleine ser inte sådana typer som mig."

"Är du blind eller dum? Om en kvinna gör så här…" Hon satte sina rådjursögon på Jens och log och blinkade så sött det bara gick. "Vad läser du ut av det?"

Jag trodde att hon frågade mig och svarade att jag inte läste ut någonting. Men hon hade svängt in den tunga artillerivagnen på det gamla vanliga spåret. Det som leder till Köpenhamn. Jens svalde tungt.

”Varsågod.”

Hon tyckte inte om svaret.

”Vadå varsågod? Varsågod och skölj?”

”Varsågod och följ med till…”

”Till vad?” Stirrande paus. ”Vågar du inte säga det?”

Hon spände ögonen i honom, formade ordet med tydliga munrörelser och avslutade med att forma en kyss. Jag tänkte på mitt tidigare bravurnummer, komplimangen om den vackra munnen när den är stängd. Jenny har också en vacker mun och jag föredrar när den är stängd. Men inte för att dölja tänderna. Hon vackra tänder. Men jag var redan glömd. Hon försökte hypnotisera Jens att säga att han ville följa med henne till sängkammaren. Till min förvåning sade han det. Det vill säga han uttalade ordet sängkammare. När det var gjort vände Jenny sig till mig igen.

”Precis det budskapet försökte Madde få fram till dig. Hon till och med sparkade mig på smalbenet när hon siktade på dig.”

Jag blev alldeles förskräckt. Tänk om det var sant. I så fall skulle jag gräma mig resten av livet. Det missade tillfället. En snygg tjej som Madeleine och en tönt som jag. Århundradets kärlekssaga. Och jag hade sabbat den. Jag suckade och tog en klunk vatten ur flaskan som jag öppnat utan att vara medveten om det. Jenny tog fram ett kuvert som hon hade klämt fast innanför byxlinningen. Med en blick som inte gick att tyda räckte hon det till mig. Freddy stod det med prydliga bokstäver. Jag hoppades att det var ett brev från Madeleine där hon upprepade sin inbjudan.

”Var träffade du henne?”

”I hennes lägenhet.”

”Hon hade flyttat därifrån sade du ju häromdagen.”

”Hennes nya lägenhet.”

"Vilken nya lägenhet? Så fort fixar man inte en lägenhet i den här stan."

"Jodå, om man är miljonär och redan har tillgång till en lägenhet i centrala stan."

Jens började hämta sig efter sängkammarattacken och tittade misstänksamt på henne.

"Du menar att…"

"Just det. Arkivgatan ingick i arvet. Hon tänker bjuda på invigningsparty när hon fått ordning på grejerna."

Jag öppnade kuvertet med bultande hjärta. Det var av den sorten man öppnar i kortändan och sticker ner hela handen i för att få ut innehållet. Och det var alldeles för tjockt för att vara ett kärleksbrev. Jag försökte hålla det ifrån Jennys blickar när jag tittade ner i det men hennes mångåriga träning i att titta ner i sedelfacket i min plånbok gjorde den manövern omöjlig. Det var smockfullt med sedlar. Ovanpå låg ett brev. Det var ett kort meddelande. *Hej och tack för allt, Freddy. Här är betalning för dina tjänster. Jenny och Jens har nog också gjort sig förtjänta av en del av kakan*. Jag försökte vika undan det från Jennys blickar men det var för sent. Till allt elände vinklade jag så illa att Jens också kunde läsa det. Jenny gick naturligtvis i taket med en gång.

"Har nog också gjort sig förtjänta? De enda som gjort sig förtjänta är Jens och Jenny! Vad har du gjort? Snubblat över ett bildäck? Synd att du inte ramlade och slog dig i huvudet."

Det är tacken. Självuppoffring och delegering av uppgifter så att alla skall känna att de har ett värde betyder ingenting. Jag höll stenhårt i kuvertet eftersom jag förutsåg den manöver som följde. Jenny försökte slita det ur min hand. Jag förklarade i lugn ton att allt som har med ekonomi att göra sköts av firmatecknaren, det vill säga chefen. Jag höll på att säga direktören men lyckades bita mig i tungan. Hon tog handen från kuvertet.

”OK. Hur mycket är det?”

Jag gick och satte mig på bänken bredvid. När jag kastade en blick på det såta paret såg jag att de såg löjligt förnärmade ut. Herregud, tänkte jag. Förnärmad för petitesser som lite pengar. Jag räknade lugnt en stund och började inte svettas förrän jag passerat hundratusen. Jag återvände lätt skakad. Mina underställda hade tydligen haft någon slags konferens under tiden. Med Jenny som ordförande förstås. Jag smakade på ordet ’underställda’ och upptäckte att jag tyckte om det. Jag bestämde att använda det i min officiella rapport. Jenny tog till orda som en ordförande i en jury som just skall förkunna ett dödsstraff.

”Vi kan sträcka oss så långt att vi delar i tre delar.”

”Går inte.”

”Varför går det inte?”

Jag höll bunten mellan tummen och pekfingret.

”Det är hundrasextiotusen. Går inte att dela i tre.”

Man skall inte säga sådant när det sitter en lärare i matematik inom hörhåll. Hans huvud skakade uppgivet medan han pratade.

”Femtiotretusentrehundratrettiotre komma tre. Och hur många treor du vill.”

”Precis vad jag sade. Går inte att dela. Så många treor finns inte. Och firman? Skall ingenting gå till den? Vi delar i fyra, en del till var och en och en del till firman.”

Antagligen smidde Jenny redan ränker som handlade om hur hon skulle lägga beslag på mer än sin beskärda del för hon protesterade inte. Och om inte Jenny protesterar, protesterar ingen annan heller. Jag räknade upp fyrtiofemtusen till dem var och sade att jag räknade med att ha kvitton klara för undertecknande i morgon. De lyssnade inte. Båda var upptagna med att räkna pengarna en gång till. När jag satt och log för mig själv och njöt av min smarthet kom jag att tänka på att hundrasextio delat i fyra blir fyrtio, inte fyrtiofem. Jag sträckte ut handen. "Ett ögonblick. Ni fick för mycket. Femtusen för mycket. Var."

De log inte ens. Pengarna var redan undanstoppade. Med fullkomligt nollställda ansikten tittade de ut över vattnet en stund innan Jens lutade sig åt sidan och tittade ner i väskan. Det fanns en skinkklämma kvar. Den erbjöd han Jenny utan att titta på mig. Hon log så där äckligt kärleksfullt, tog en tugga och gav den tillbaka till honom. Så höll de på tills den var uppäten. Jenny torkade av fingrarna och gav mig en blick. En insinuant blick.

"Vet du vad, Freddy. Jag tycker du skall köpa en ny cykel för dina pengar. Den där börjar bli åldersstigen."

Hon nickade över axeln. Jag trodde hon menade gårdscykeln och nöjde mig med en trött gest som tecken på att jag uppskattade – eller åtminstone uppfattade – skämtet. Men hon började prata om min nya cykel och nämnde att hon stannat till hos en cykelhandlare och tittat på en artonväxlad Crescent med tjugoåttatums däck. En sådan som Jens har. Nu nickade hon mot hans cykel som stod parkerad framför oss. Jag förklarade att jag var nöjd med min cykel som den var. Då höll hon med mig och sade att den är OK. Det beror på vilka krav man har. När hon och Jens larvat sig en stund till förstod jag att den här gången menade hon gårdscykeln. När de började spåra ut helt och spåna om att jag borde hålla min personal med deckarcyklar kom jag att tänka på att jag skulle träffa en klient i morgon. Jag kvävde en gäspning och sade någonting om att havsluften suger och att jag tänkte gå och äta en bit. Kanske en räkmacka

så att man fick känna hur en sådan smakar. Ironin tog
inte alls. I stället tyckte de att det var en utmärkt ide.

Restaurangen på Viking hade öppnat för säsongen
och de hade båda läst igenom matsedeln. De nick-
ade åt den gamla barken. Man kunde se riggen ovanför
operans tak. Det fick dem att tänka på att man kunde
äta en bit där i stället. På operan. Det i sin tur fick dem
att fundera på vilken som var dyrast så att de kunde
välja den. Det var inte tal om annat än att jag skulle
betala. Fast de precis hade snott mig på tiotusen. Repre-
sentation var avdragsgillt hade de mage att lägga till.

Det blev Fiskekrogen. Mitt val. Vi tuggade oss igenom
en förbaskat god gryta och sörplade i oss ett Moselvin
som källarmästaren rekommenderat. Till kaffet var det
dags att släppa bomben. Jag försökte se så där löjligt
likgiltig som de hade gjort när jag bett att få mina pengar
tillbaka.

”Jag funderar på hur jag skall lägga upp det?”

Jens gav mig en granskande blick.

”Lägga upp vad? Ett par byxor? Det fixar Jenny, hus-
hållerskan.”

Hon skakade på huvudet och smackade nedlåtande
med tungan mot tänderna.

”Vet du vad en sömmerska tar i timmen nu för ti-
den?”

Jag förstod att det retade henne att det fanns pengar i
min plånbok som inte hon lagt beslag på. Ännu. Jag
gjorde slapp gest.

”Mitt nya fall.”

Deras gnäggande fick folk att vända sig om. Jag vän-
tade tills de tröttat ut sig.

”Jag skall träffa henne i morgon. Hon ringde när jag
var på väg hit.”

Jenny kunde naturligtvis inte låta bli att käcka sig.

"Hur gammal?"

Jag låtsades att jag inte hörde. Jag kunde förstås dra till med vilken ålder som helst för jag hade bestämt att sköta det här fallet utan deras inblandning. Hur det skulle gå till hade jag inte tänkt ut. Jenny blinkade åt Jens.

"OK, vi träffar henne i morgon så vi kan fråga själva. Hur dags?"

Jag svarade inte. Min likgiltiga min talade för sig själv. Trodde jag. Mina tankar vandrade tillbaka till den nuvarande klienten. Det skulle bli roligt att träffa henne igen på invigningspartyt. Jag började fundera på vad jag skulle ha på mig. En snygg v-ringad tröja med enfärgad skjorta under. Svarta byxor. Jodå, jag kan snofsa till mig om jag anstränger mig. Kanske en diskret halsduk innanför skjortkragen. Jenny läste mina tankar. Det gör hon alltid.

"Jo, det glömde jag nämna. På Madeleines party får du träffa hennes kille. Jättesnygg. Hon visade mig ett foto. Inte olik Tom Cruise. Dom är förlovade."

Jag suckade och råkade få syn på mitt ansikte i en reflekterande glasyta. Har jag någonsin sett ett hängande ansikte så var det fejset som blängde tillbaka. Olik Tom Cruise, tänkte jag med ett skevt leende. Hade det funnits ett mästerskap i disciplinen 'mest olik Tom Cruise' hade jag stått på prispallen. Det skulle inte bli något party för min del. Och vad spelar det för roll. En tjej mer eller mindre. Finns hur många som helst. Bara att välja. Jag drog upp plånboken och vinkade till mig servitrisen. Medan jag räknade upp sedlarna bestämde jag mig för att runda av dagen och fallet med att titta på en bra film på min platt-tv. En film utan medverkan av Tom Cruise.

228

Andra böcker av G A Lorén,
utgivna eller under utgivning på BoD förlag:

Sista Valsen
Styggt Jobbat
Kraschblandning
Åt Skogen
Förbaskade Tjej

Läs mer på www.galoren.se